오프라 윈프리 OPRAH WINFREY

역대 최고 토크쇼인 〈오프라 윈프리 쇼〉의 진행자이자 프로듀서인 그녀는, 25여 년 동안 수백만 명의 시청자에게 인생의 즐거움과 깨달음 그리고 영감을 불어넣는 역할을 해왔다. 세계적인 미디어 그룹의 리더이면서 지속적으로 자선사업을 벌여온 그녀는 세계에서 가장 영향력 있고 존경 받는 인물 중 한 사람이기도 하다.

안현모 옮김

언어에 대한 관심으로 대학에서 언어학을 공부했고, 외국어에 대한 관심으로 대학원에서 통번역을 전공했다. 이후 소통에 대한 관심으로 언론사의 기자가 되었고, 현재는 마음의 소통에 대한 열망으로 방송과 강의, 통번역 등 다양한 일을 하고 있다.

언제나 길은 있다

THE PATH MADE CLEAR

언제나 길은 있다
The PATH Made CLEAR

오프라 윈프리

| 안현모 옮김 |

한국경제신문

우리가 세상과 맞설 수 있음을 깨닫게 해주는
모든 스승에게 바칩니다

어디에도 존재한 적 없는
나의 길을 간다는 것

마음속에 피어난 한 가지 생각을 언어로 표현하는 데는 여러 가지 길이 있습니다. 언어를 사용하는 사람이라면 누구나 매 순간 그 수많은 갈림길 중 하나를 택해 자신의 생각을 전달하지요. 그런데 그렇게 선택된 언어를 전혀 다른 언어로 옮기는 데도 마찬가지로 수많은 길이 주어집니다. 그리고 역자가 마침내 그중 하나의 길을 골라 제2의 언어로 옮겨놓으면, 독자들 앞에도 그것을 읽고 해석하는 수없이 많은 길이 펼쳐지지요.

분명 같은 책을 읽었음에도, 우리가 가진 경험이나 지식, 주관의 차이에 따라 우리 각자가 걷게 되는 길은 비슷할 수도 있고 동떨어질 수도 있습니다. 어쩌면 우리는 책 한 권의 독서 과정에서도 저마다의 길을 창조하고 있는 건지도 모르겠습니다.

하물며 인생을 살아가는 데는 어떠할까요. 생에서 사까지의 궤적이 길이라면, 인류의 역사와 함께 이미 무한한 숫자의 길이 존재해왔는데도, 우리에게는 아직 존재한 적 없는 나머지 무한한 숫자의 길 가운데 단 하나의 길만이 허락됩니다. 어찌 보면 잔인할 수도 있는 불가역적 선택의 연속을 우리는 매일 매 순간 마주하고 있는 것이죠. 그러니 발을 앞으로 내딛기가 때로는 겁이 나고, 불안하고, 조심스러울 수밖에 없습니다. 다른 사람의 길이 궁금해지거나 때로는 좋아

6

보여서 무작정 따라가고 싶어질 수도 있습니다.

하지만 오프라 윈프리를 포함해 이 책에 등장하는 90명의 세계적인 길잡이는 그 누구도 우리에게 목적지나 경로를 알려주지 않습니다. 이들은 다른 명사들처럼 친절히 지도를 펼쳐 지름길을 표시해주지도 않고, 표지판을 세워주지도 않고, 심지어 나침반을 빌려주지도 않습니다. 대신, 이들은 우리 손에 작은 손전등 하나를 쥐어줍니다. 깜깜한 미지의 무한대 속에서 내 안에 분명히 존재하고 있는 지도와 표지판, 나침반을 비춰줄 손전등이요.

지금 등산로 입구에서 몸을 풀고 있든, 암벽에 매달려 아슬아슬한 사투를 벌이고 있든, 아니면 탁 트인 정상에 올라 다음 코스를 계획 중이든, 10장에 걸쳐 나뉘어 있는 주머니에서 당신의 손에 꼭 맞는 손전등을 찾아보세요. 그러면, 당신이 가는 길이 흙길이든 시멘트 길이든, 직선도로든 휘어진 도로든, 재료나 형태는 더 이상 문제되지 않는다는 걸 알게 될 겁니다. 선명하게 보이느냐 보이지 않느냐의 차이지요.

정답은 없어요. 중요한 건, 광활한 가능성을 향해 오늘도 꾸준히 나만의 고유한 한 뼘의 길을 또렷이 닦는 것입니다.

그렇게 우리 모두는 제각기 다른 길을 그리며 세상에 하나뿐인 여정을 꾸려가게 될 테지만, 그럼에도 외롭지는 않을 거예요. 언젠가는 반드시 서로의 길이 맞닿아 연결될 테니까요. 바로 이 순간, 우리의 길이 《언제나 길은 있다》에서 교차했듯 말이죠.

2020년 5월
안현모

C O N T E N T S

- **옮긴이의 글**
  어디에도 존재한 적 없는 나의 길을 간다는 것

- **들어가며**
  진정으로 존재해야만 진정으로 행동할 수 있습니다

CHAPTER ONE ──────── 씨앗 · 014

CHAPTER TWO ──────── 뿌리 · 028

CHAPTER THREE ─────── 속삭임 · 044

CHAPTER FOUR ──────── 구름 · 062

CHAPTER FIVE ──────── 지도 · 084

CHAPTER SIX ───────── 길 · 106

CHAPTER SEVEN ─────── 등반 · 118

CHAPTER EIGHT ─────── 나눔 · 136

CHAPTER NINE ──────── 보상 · 154

CHAPTER TEN ───────── 집 · 174

- **나오며**
  이토록 단순하고 명확한 삶

우리가 주고받을 수 있는
선물 가운데
우리의 소명을 받드는 것보다
더 훌륭한 선물은 없다.
그것이 우리가 태어난 이유이며
가장 진정하게 살아있을 수 있는
방법이다.

— *Oprah* —

INTRODUCTION

들어가며

진정으로 존재해야만
진정으로 행동할 수 있습니다

"나의 목적은 무엇일까?"

이 짧은 질문이 인터넷상에서 무려 10억 개에 달하는 답변을 이끌어냈습니다. 얼마나 많은 이들이 내가 누구인지를 고민하고, 가치 있는 존재가 되고 싶어 하는지 보여주는 놀라운 기록이죠.

"나의 목적은 무엇일까?"

이 한 문장을 입력하고 엔터 키를 치는 건 별 것 아닌 일로 보일 수 있어요. 하지만 이는 가슴속 깊은 곳으로부터 우러나오는 내밀한 기도의 반향이고 인정을 향한 질문입니다. 이런 검색을 한다는 것 자체가 의미와 개성으로 가득한 고귀한 삶을 향한 여정을 시작할 준비가 됐다는 신호예요.

좋은 소식이 하나 있습니다. 미로처럼 어지러운 인터넷 링크들은 제쳐두고, 당신이 어떤 길을 가야 하는지에 대한 해답의 열쇠를 가진 사람이 딱 하나 있어요. 이 기적 같은 영혼이 평생 당신에게 말을 걸고 있었던 거예요. 바로 당신 자신이에요!

나는 우리 모두가 목적을 갖고 태어난다고 믿어요. 우리가 누구든, 무슨 일을 하든, 혹은 얼마나 먼 길을 가야 하든, 우리는 우리보다 더 큰 힘에 의해 선임됐어요. 신이 주신 소명으로 발을 내디딜 수 있도록 말이에요. 그건 생계를 위해 하는 일을 넘어서는 개념이에요. 나는 지금 거룩한 운명의 순간에 대해, 우리가 이 세상에 존재하는 이유에 대해 말하고 있어요.

우리는 저마다 인류에 꼭 필요한 역할을 담당합니다. 우리가 할 일은 그 부름에 답하기 위한 길을 따라가는 거예요. 노자의 말을 빌리자면, 천리 길도 한 걸음부터 시작하죠. 이 책을 통해 내가 바라는 것은, 우리보다 앞서 이 길을 걸었고 나에게 영감과 교훈을 준 많은 이들의 경험에서 나온 지혜를 당신과 나누는 거예요. 그들의 공통된 화두는 이겁니다. 일단 존재하기 없이는 진정한 행동하기도 없다.

이 책을 읽는 동안 당신은 나를 오롯이 나로 만들어주는 겹겹의 기적을 살아나게 하는 방법, 그것을 내가 꿈꾸는 삶에 적용하는 방법을 알게 될 겁니다.

목적 있는 삶에 전념하기 위해서는 용기가 필요합니다. 나 역시 세상이 바라는 나와 내가 생각하는 나 사이에서 갈등하던 때가 있었죠. 지금은 내가 무얼 하기 위해 여기 있는지 분명히 알아요. 나의 본능에 귀를 기울이기 시작했고, 매일 매일의 결정에 주의를 집중하기 시작했기 때문이죠.

만약 당신이 진로나 관계에서 갈림길에 서 있다면, 돈이나 중독 문제로 어려움을 겪고 있다면, 아니면 건강 관리에 애를 먹고 있다면, 나에게 가장 중요한 게 무엇인지 정의하는 것에서부터 변화의 여정은 시작됩니다. 이 땅에서의 시간은 제한적이에요. 당신은 주어진 시간 동안 무얼 할 건가요? 쉬지 않고 펼쳐지는 소중한 미래를 어떻게 보낼 건가요? 인생에 더 이상의 뭔가가 있는지 없는지 궁금해하며 하루를 낭비할 필요가 없어요. 분명 있으니까요. 그걸 찾아내는 건 당신 몫이에요.

준비가 됐다면 말이죠.

— *Oprah*

CHAPTER ONE

씨앗

THE SEEDS

1978년 8월 14일 월요일. 그날은 볼티모어 지역 방송국의 토크쇼 〈피플 아 토킹(People Are Talking)〉을 진행한 첫날이었어요. 또한 내게 '일'이 있던 마지막 날이기도 했답니다.

그 전까지는 뉴스 앵커이자 리포터였고, 나는 그게 진정한 내 모습이 아니란 걸 알고 있었죠. 상사들도 그들의 감정을 숨기지 않았어요. 그들은 내 피부색이 잘못됐다고 했고, 내 신체 사이즈가 잘못됐다고 했고, 내가 감정을 너무 많이 드러낸다고 했어요. 그 시절 좋았던 건 내 친구 게일을 만난 것뿐이었답니다. 게일은 같은 방송국의 제작 보조였어요.

나는 번지수가 잘못됐단 걸 직감할 수 있었어요. 6시 뉴스는 대부분의 젊은 기자들이 탐내는 자리였지만, 나는 한 번도 그 자리가 온전히 편안했던 적이 없었거든요. 그 시절의 영상을 다시 보면 방송할 때 내던 나의 가짜 앵커 목소리가 나는 아직도 들린답니다.

토크쇼의 공동 진행자로 '좌천'되고 나서야 비로소 진정으로 살아있다는 게 무슨 뜻인지 그 불꽃을 처음으로 느꼈습니다.

그날 토크쇼에서 나는 아이스크림 사업가 톰 카벨(Tom Carvel)과 드라마 〈올 마이 칠드런(All My Children)〉에서 베니 역을 맡았던 배우를 인터뷰했어요. 화려한 출연진은 아니었지만 나는 대화를 나눌수록 내면에 불빛이 켜지는 걸 느꼈어요. 마치 나 자신이 느껴지는 듯했어요. 방송이 끝나자, 깨달음 하나가 가슴속에 울려 퍼지고 뒷목 털끝까지 뻗어져 나왔습니다. 온몸이 내게 외쳤어요. 내가 해야 할 일은 바로 이거라고. 리포터일 때 나는 언제나 녹초였어요. 몸을 질질 끌고 출근해야 했죠. 그런데 토크쇼로 하루를 보낸 후, 내 안의 모든 세포에 연료가 주입된 듯 활력을 얻었습니다.

삶에 의미와 목적을 부여해줄 씨앗이 심어진 게 분명했어요. 그날로 나의 '일'은 끝났고 나의 소명이 시작됐습니다.

몇 년 뒤 〈오프라 윈프리 쇼〉는 예상 밖의 성공을 거두었습니다. 신나는 경험이었죠. 하지만 또 다른 예감의 씨앗이 모습을 드러내기 시작했어요. 쇼가 정점을 찍고 있을 때조차 나는 마음속 깊이 알고 있었답니다. 거룩한 운명의 순간이 아직 나를 기다리고 있음을. 그래서 25년이 흐른 뒤 나는 "이게 다가 아니다, 더 있다"라고 말하는 나의 직감을 믿고 〈오프라 윈프리 쇼〉와 작별을 고했습니다. 〈오프라 윈프리 쇼〉는 나의 고향이었고 시청자들은 내 인생의 크나큰 사랑이었지만, 나는 이제 다음 단계로 넘어가야 할 시간이라며 깜박거리는 확신을 못 본 체할 수 없었습니다.

프로그램 종영 후 몇 년의 시간은 뜻밖의 가능성들을 안겨줬고 신규 케이블 채널 OWN(Oprah Winfrey Network)을 개국할 때는 겁이 나는 순간들이 찾아오기도 했습니다. 그렇지만, 도전을 기회로 바꾸라는 내 스스로의 조언을 되새겼기에, 앞으로 나아갈 수 있었습니다.

당신이 이번 장에서 얻어갔으면 하는 교훈은 이거예요. 삶은 고정돼 있지 않다는 것. 모든 결정이나 후퇴, 또는 승리

는 진실의 씨앗을 확인할 수 있게 해주는 기회랍니다. 당신을 지금처럼 경이로운 인간으로 만들어주는 진실의 씨앗이요.

단지 먹고살기 위해 하는 직업을 말하는 게 아니랍니다. 내가 과연 어디서 에너지를 얻는지 주의를 기울여보면, 나에게 계획된 삶의 방향대로 움직이게 돼요. 우주가 당신을 위해 상상도 못한 크고 넓고 깊은 꿈을 마련해놨다는 사실을 믿기 바랍니다.

어릴 때 내가 가장 좋아한 성경 속 우화는 겨자씨 이야기였어요. 믿음이 있으면 비록 겨자씨처럼 작다 해도 산을 움직일 수 있다는 것. 무엇이든 가능하다는 것. 어린 나는 이 이야기에서 엄청난 위안을 받았답니다. 볼티모어에서 리포터로 고군분투하던 시절에도 그랬고, 지금도 여전히 그래요. 겨자씨는 정말로 작은 알갱이예요. 나에게 오직 믿음의 겨자씨만 있으면 된다는 것, 그리고 어찌됐든 나는 괜찮을 것이라는 믿음은 나에게 용기를 줍니다.

당신도 이제 당신만의 길 위에서 앞

의 씨앗을 발견하기 시작할 텐데, 첫 번
째로 해야 할 질문은 이거예요.

"나는 무엇을 믿는가?"

당신은 당신이 행복, 성공, 풍요, 성
취, 평화, 기쁨, 그리고 사랑을 누릴 자
격이 있다고 믿나요?

분명한 건, 믿는 대로 된다는 겁니다.

— *Oprah*

삶은 더 위대한 의식으로의 과정입니다

나는 인생이 절차라고 생각해요. 아침에 일어나고 또 일어나며, 하나가 죽으면 하나가 태어나지요. 그것은 의식의 진보입니다. 신이 세상을 창조한 방식을 보세요. 씨앗과 싹과 꽃으로 돼 있답니다. 그러곤 또다시 씨앗으로 돌아가지요. 언제나 절차로 이뤄져 있는 거예요. 우리는 점점 더 위대한 의식으로의 여정을 하고 있어요. 더 큰 연민과 사랑을 가진 존재로 나아가는 여정. 이것은 평생을 걸쳐 돌고 돌 절차입니다.

수 몽크 키드 | 2014년 아마존에서 가장 많이 팔린 소설 《날개의 발명》을 썼다

당신은 잠자는 거인입니다

당신은 잠자는 거인입니다. 당신은 태동하고 있는 기적입니다. 태동이란 움직임이에요. 아직은 아니지만 움직이고 있지요. 우리는 언제나 생과 재생을 겪고 있답니다. 어떤 이들은 재생을 위해 생을 멈추기도 하지만, 생과 재생은 동시에 이뤄져야 합니다.

팀 스토리 | 스티비 원더, 로버트 다우니 주니어 등의 인생 코치, 강연가, 베스트셀러 작가

진실과 거짓을 알아차리는 게 의식입니다

우리가 인정하고 싶어 하든 아니든, 가장 의식 없는 사람조차도 본인의 확고한 의지와는 달리 진화의 절차를 밟고 있답니다.

삶은 우리에게 몇 번이고 질문할 기회를 주어요.

"이것이 나의 가장 진실한 모습인가, 아니면 가식적인 모습으로 살고 있는가?" 의식 있는 존재가 된다는 건, 그 순간이 왔을 때 알아차릴 수 있음을 뜻해요. 그런데 그 순간은 지금도 계속해서 오고 있답니다.

셰팔리 차바리 | 임상심리학 박사, 《아이만큼 자라는 부모》를 쓴 작가

목적은 삶의 단계를 거치며 변화합니다

오프라 우리 모두에게 소명이 있다는 걸 믿으세요?

A. R. 버나드 물론이죠.

오프라 어떻게 그 소명에 귀를 기울일 수 있죠? 어떻게 하면 더 열린 마음으로 소명의 길을 듣고 찾을 수 있을까요?

A. R. 버나드 먼저 우리에겐 저마다 목적이 있다는 걸 믿어야 해요. 한 사람 한 사람 다 목적이 있어요. 일단 이 생각을 하면 삶의 신성함에 감사하게 될 거예요. 어떤 면으로도 그 신성함을 해치려 하지 않게 될 거고요. 남을 더 존중하게 될 거예요.

목적이란 내가 태어난 한 가지 이유라고 흔히들 생각해요. 하지만 스물일곱에 그 목적을 달성한다면 어떻게 되는 거죠? 더 이상 살아갈 이유가 없어질 거예요. 목적은 평생에 걸쳐 계속해서 적용되는 거예요. 타고난 재능과 소질은 평생 변치 않기 때문이지요. 그러나 이 능력을 어떻게 사용할지는 삶의 단계마다 변화한답니다.

A. R. 버나드 | 뉴욕의 대형교회 크리스천문화센터 설립자, 담임목사

나에게는 여러 가지 소명이 있다.
때로는 지난날 이끌렸던 소명에서 멀어지기도 한다.
만남과 헤어짐은 소명에서도 자연스러운 것.
하나의 소명과 평생을 같이할 필요는 없다.

바버라 브라운 테일러

당신 자신을 위해 살아도 괜찮습니다

"삶의 주인은 나야"라는 쪽지를 건네받지 못한 여성이 아직도 너무 많아요. 무슨 일이든 허락받아야 한다는 습성이 남아 있는 거죠.

당신 자신에게 삶의 중요한 일들을 질문해도 괜찮습니다. 당신 스스로의 여정에 책임의식과 주인의식을 가져도 괜찮아요. 당신 자신을 위한 일을 요구해도 괜찮고요. 그동안은 모두를 위한 일을 하도록 훈련돼온 걸 잘 알아요. 하지만 이제 그 방향을 당신 자신에게 돌리고 당신에게 주어진 당신만의 삶을 빛나게 해도 된답니다.

여기 하나의 질문이 있어요. "나는 인생에서 무얼 하기 위해 여기 왔는가?" 모든 탐색이 시작되는 질문이랍니다. "나는 인생에서 무얼 하기 위해 여기 왔는가?" 누구나 한 번은 이 질문을 떠올립니다. 이것이 소명이에요. 이제 이 질문을 무시할지 따라갈지 선택할 순간입니다. 이 질문을 따라가는 것이 바로 여정의 시작이에요.

엘리자베스 길버트 | 《먹고 기도하고 사랑하라》 《결혼해도 괜찮아》의 작가

고요한 마음속에 문득 떠오르는
그것이 씨앗입니다

만약 마음속에서 소음을 빼낼 수 있다면, 죄책감을 빼낼 수 있다면, 수치심을 빼낼 수 있다면, 근심을 빼낼 수 있다면, 번잡함을 빼낼 수 있다면, 문득 생각이 떠오를 거예요. 그것이 씨앗이에요. 당신이 스스로를 믿고 스스로의 가능성을 믿을 때, 생각이라는 씨앗은 마음속에 단단히 심어집니다.

T. D. 제이크스 | 대형교회 포터스하우스 설립자, 주교, 《운명》, 《담대한 믿음》 등을 썼다

영혼은 우리의 자라남을 유인한다.
우리는 세포도 암호화되어 있고
마음도 암호화되어 있고
자라남 역시 암호화되어 있다.
우리는 신의 자아로 자라나는
신의 씨앗이다.

진 휴스턴

생명이 있다면 목적이 있습니다

당신에게 생명이 있다면, 목적도 있습니다. 생명이 있다면, 단 한 방울의 생명만 있다면 말이죠. 한 방울이면 충분합니다.

하나의 원자도 지구만큼의 목적이 있어요. 하나를 이루는 것이 전부를 이루는 것과 마찬가지인 것처럼요. 도저히, 그렇지 않을 수가 없어요.

캐롤라인 미스 | 직관의학의 개척자, 《영혼의 해부》의 작가

당신 안의 씨앗이 결국 숲을 이룹니다

만약 푹 쉬었다면, 마음이 평화롭다면, 사랑과 연민으로 가득하다면, 먼저 존재한 다음 느끼고 그러고 나서 자신을 성찰했다면, 모든 것이 마법처럼 제자리를 찾을 겁니다. 그것이 자연의 섭리입니다. 마치 씨앗처럼 말이죠. 모든 씨앗에는 수천 개의 숲에 대한 약속이 담겨 있어요. 이것이 당신의 숙명적 씨앗이랍니다.

당신에게는 독특한 재능이 있어요. 그 재능에 집중해야 합니다. 단점엔 집중할 필요가 없어요. 당신의 단점은 다른 이들이 보완해줄 테니까요. 당신은 그들의 단점을 보완해주면 됩니다. 이렇게 나만의 고유한 방식으로 자신을 표현할 때 우리는 재능을 알아차리고, 이 재능을 발휘할 때 우리는 시간의 흐름을 잊게 됩니다.

디팩 초프라 | 심신통합의학을 창안한 의학 박사이자 《마음의 기적》 등을 쓴 작가

나는 우연을 믿지 않는다.
나는 우리 삶의 장엄한 미스터리 속에
신성한 질서가 있음을 안다.

— Oprah —

CHAPTER TWO

뿌리

THE ROOTS

나는 누군가가 '아하!' 하는 순간을 볼 때가 제일 즐거워요. 상대의 두 눈이 깨달음의 불빛으로 반짝이는 걸 보면 기쁘기 그지없답니다. 그것이 그의 삶의 궤적을 바꿀 만한 것이라면 더더욱 그렇죠.

나는 대화하기 전에 늘 상대방의 마음이 확장되어 탁 트인 배움의 공간이 만들어지길 바라요. 가르침을 주는 게 나의 진정한 소명이라고 믿어왔기 때문이에요. 가르침이야말로 내 모든 기술과 수완을 싹 틔우는 뿌리랍니다.

어릴 적 할머니 댁 마당에서 학교 놀이를 하면서도 그렇게 느꼈어요. 사촌들에게 성경에 나오는 이름들—사드락(Shadrach), 메삭(Meshach), 아벳느고(Abednego)—의 정확한 철자를 알려주곤 했죠. 선생님 노릇을 할 수 있는 기회만 생겼다 하면 덤벼들었던 거예요.

작가 제임스 힐먼(James Hillman)은 이를 "도토리 안의 떡갈나무"라고 불렀습니다. 우리는 모두 도토리로 태어났어요. 자양분과 적절한 환경이 갖춰지면 근사한 떡갈나무로 자라나는 도토리요.

내가 결국 수백만 명과 함께 〈오프라 윈프리 쇼〉라는 세계 최대의 교실에서 지혜를 나누게 된 건 결코 우연이 아니었습니다. 우연도, 팔자도, 그 흔한 운도 아니었어요. 나는 운을 믿지 않아요. 나에게 운이란 오랜 준비와 기회의 순간이 만나는 걸 뜻해요.

나는 가르치기 위해 태어났어요. 내가 할 일은 오로지 그 소명을 듣고, 믿고, 따르는 것이었답니다. 당신도 마찬가지예요.

이번 장은 자신의 고유한 본질을 파고들어 믿음의 도약을 한 결과 이제 자신이 누구인지, 왜 이곳에 왔는지 분명히 이해하는 사람들의 이야기랍니다. 그들 역시 저처럼 깨달았던 거예요. 나에게 의도된 나 자신과 온전히 친해지지 않으면 성공도 출세도 없다는 걸.

모두가 타고난 목적대로 살 수 있다면, 우리는 얼마나 놀라운 세상에서 살게 될까요.

몇 년 전 비서 에이미와 함께 이 주제에 대해 이야기를 나눈 적이 있답니다. 그녀가 하는 일은 내 삶의 모든 열차를

순조롭게 운행시키는 것, 내게 매일 날아오는 예기치 못한 커브볼까지 저글링하는 거죠. 폭풍 멀티태스킹이 필요한 일이에요. 그런 에이미와 대화를 나누고 있는데, 그녀만의 '아하!'의 순간이 찾아왔습니다.

에이미는 아홉 살 생일 선물로 서류 보관함을 원했다고 해요. 문서를 분류하고 서류 작업을 하는 자체가 정말 좋았다고요. 적어 넣을 스케줄이 있기도 전부터 스케줄러를 준비해뒀고, 남들의 생활을 정리해줄 수 있다는 걸 알리기 위해 알록달록한 명함도 만들었다고 합니다. 지금 에이미의 업무는 내 생활을 정리해주는 거예요. 그녀가 목록을 하나씩 지워가며 기뻐하는 모습을 볼 때면 나도 미소 짓게 되지요. 에이미는 그때부터 죽 소명을 따라 할리우드에 있는 내 사무실까지 온 거예요.

소명이 꼭 직업과 관련 있을 필요는 당연히 없어요. 내 주위엔 임신이 뭔지 알기도 전부터 아이를 낳을 운명임을 알았다는 친구들이 많아요. 어머니가 되는 소명을 받아들이는 건, 궁극적인 영적 스승이 되기 위한 선택이라고 난 믿습니다. 어머니들은 아이를 위한 헌신과 봉사 속에 살아가니까요.

그 소명이 무엇이든 이미 당신 안에 뿌리를 내리고 있어요. 그 뿌리는 밟히거나 튀어나올 순 있어도 뽑힐 수는 없답니다. 그리고 그 뿌리는 세심히 돌봐줄 때, 무엇보다 다른 사람들과 나눌 때 더 튼튼하게 자라나죠. 내 가장 깊은 열망은 사람들이 무엇이 자신을 고유하게 만들어주는지 알고 그것을 희망, 가능성, 그리고 성취와 연결하는 거예요. 작가 게리 주커브(Gary Zukav)도 내게 명료하게 짚어줬죠. 인격을 목적에 맞게 정렬하면 그 누구도 나를 건드릴 수 없다고 말이에요.

— *Oprah*

좋아하는 일은 숨길 수 없어요

네이트 버커스 나는 주변 사물에 무척 신경 쓰고, 사물의 생김새에 무척 신경을 쓰고, 무엇보다 그 사물들이 주는 느낌을 특히 중요시하는 그런 아이였어요. 그래서 동생과 한 방을 쓰는 게 고역이었답니다. 내 방은 내 공간이어야 했으니까요. 어머니는 그런 나를 잘 아셨지만, 그렇다고 내가 디자이너가 될 줄은 모르셨을 거예요. 〈오프라 윈프리 쇼〉에 나가게 될 줄도 모르셨을 테고요. 그 누구도 그런 걸 예측하거나 기대하지는 않을 거예요. 하지만 어머니께서 한 가지는 분명히 아셨답니다. 당신의 아들이 공간의 모양과 느낌을 컨트롤해야만 직성이 풀리는 사람이라는 걸요. 단지 내 공간의

고유성만이 좋았던 게 아니에요. 그건 포인트가 아니었어요. 선별하는 것, 그 과정이 재미났어요. 콘크리트 벽으로 된 지하실이 매일을 살아가는 공간으로 변모하는 과정을 지켜보는 것 말이에요.

오프라 한 사람을 둘러싸고 있는 공간은 그 사람 내면의 영적 공간을 반영해주니까요.

네이트 버커스 만국 공통인 것 같아요. 우리가 누구든, 무엇을 가졌든 가지지 않았든, 우리 모두는 더 나은 삶을 살기 바라죠.

네이트 버커스 | 세계적 인테리어 디자이너, 작가

진정한 뿌리는 성적표에
드러나지 않을 수도 있어요

오프라 모범생이 아니었다고요?

브라이언 그레이저 아니었어요.

오프라 3학년 때 시험에 낙제해서 어머니가 속상해하셨다면서요? 그럴 만도 하네요.

브라이언 그레이저 네. 3학년 때 완전히 낙제생이었어요.

오프라 그런데 할머니는 걱정하지 않으셨다면서요.

브라이언 그레이저 걱정하지 않으셨을 뿐 아니라 내가 던지는 모든 질문을 좋아하셨어요. 그리고 항상 답을 해주셨죠. 할머니는 되풀이해 말씀하셨어

요. "브라이언, 너는 특별한 사람이 될 거야. 나중에 이 호기심을 써먹게 될 거야. 너는 특별한 아이가 될 거야." F와 D가 수두룩한 성적표를 보며 나는 생각했죠. '할머니가 뭘 아시기에? 어떻게 된 일이지? 성적표는 이 모양인데 내가 특별해질 거라니.' 하지만 할머니는 손자에 대한 변치 않는 믿음을 갖고 계셨어요. 질문과 호기심 천국인 나를 인정해주셨죠. 그런 호기심 덕분에 나는 새로운 사람들을 만날 수 있었답니다. 내가 절대로 몰랐을 분야의 사람들을 만남으로써 내 영화나 TV 프로그램은 생명을 얻을 수 있었죠. 아이들을 키우는 개인적인 내 삶에도 도움이 됐고, 인생의 원동력이 돼주었습니다.

브라이언 그레이저 | TV 프로그램·영화 제작자

결핍이 뿌리를 키울 수도 있어요

부모님은 언제나 성실하게 일하셨어요. 두 분 모두 한 가지 일만 하신 적이 없습니다. 늘 한꺼번에 여러 가지 일을 하셨어요. 우리 남매를 위해서라는 걸 잘 알고 있었지만, 9시부터 5시까지는 부모님이 계시지 않는 집에서 자라야 했죠. 시간이 맞지 않아 각자 알아서 저녁을 먹는 집이었고, 나 역시 혼자 밥을 챙겨 먹었어요.

부모님은 늘 바빴지만 내 연극은 한 번도 빠짐없이 보러 오셨어요. 다만 허구한 날 내 옆에 붙어 계시지 않았던 거죠. 덕분에 어마어마하게 풍부한 상상으로 가득한 삶을 살 수 있었답니다. 내 SNS 팔로워들은 알 거예요. 어릴 때 만든 VHS 비디오와 영화들이 엄청나게 올라와 있거든요.

린 마누엘 미란다 | 극작가, 작곡가, 배우, 뮤지컬 〈해밀턴〉의 제작자

때로는 독특한 시선일 수도 있어요

나는 분명히 알았어요. 내가 남들은 못 보는 것들을 본다는 사실을 말이죠. 남들이 알아주지 않고, 높이 평가하지 않고, 눈길을 주지 않는 것들이 난 보였어요. 그러니까 내가 코미디언이 된 거예요. 모두가 주목하는 것들 사이의 작은 공간들을 나는 알아볼 수 있었던 거죠. 나는 사이에 있는 것들에 주목했답니다.

엘렌 드제너러스 | 코미디언, 〈엘렌 드제너러스 쇼〉 진행자, 동성혼

아버지에게서 시작됐어요

오프라 당신이 가야 할 길이 희극 쪽이란 걸 언제 알았나요?

트레이시 모건 아버지가 유머 있는 분이었어요. 코미디언 리처드 프라이어(Richard Pryor) 급으로 웃기셨죠. 아버지가 너무 재미있어서 난 친구들이랑 잘 안 놀았어요. 아버지랑 아버지 친구들과 어울려 다녔어요. 아버지가 당신의 친구들과 나누는 대화가 더 흥미로웠거든요. 내 친구들에게서는 배울 게 없었어요. 그애들도 내가 아는 만큼만 알았으니까요. 하지만 아버지와 아버지 친구들에게서는 배울 게 있었어요. 아버지가 공연에 오셨을 때가 기억나네요. 아버지가 계시니까 모두들 보러 와주셨어요. 다섯 살 때 아버지가 날 무릎에 앉히고 장난하시던 기억도 나요. "따라 해봐, '우리 엄마는 ~하다.'" 그러면 나는 따라 하곤 했죠. "우리 엄마는 ~하다." 그 순간 모두가 웃기 시작했고 난 그게 좋았어요. 거기서부터 시작된 거예요. 바로 내 아버지였죠.

트레이시 모건 | 시트콤 〈30 Rock〉으로 유명한 배우, 코미디언

35

슬픔 속에도 꿈은 뿌리를 내립니다

오프라 세 살 때 관을 바라보다 수녀가 되겠다고 생각했다는 사람을 나는 살면서 한 번도 본 적이 없어요. 어떻게 그게 소명인 걸 알았나요?

조앤 치티스터 아버지가 돌아가셨을 때였어요. 그때 아버지는 스물셋이었고, 어머니도 겨우 스물한 살이었어요. 청상이 된 어머니가 날 장의사에게 데려가려고 옷을 입히자 외삼촌과 이모들이 말렸어요. "장의사한테 아이를 데려가면 안 되지"라고요. 하지만 어머니는 이렇게 말씀하셨답니다. "아빠가 하늘나라로 갔는데 이 아이도 우리가 하는 것처럼 애도해야지. 그러니까 같이 갈 거야."

어머니는 날 안고 관 앞에 서 계셨어요. 내 작은 손은 어머니의 얼굴 가에 있었고 눈물이 느껴졌죠. 어머니의 얼굴은 젖어 있었어요. 뭔가 슬픈 일이 일어났다는 건 알았지만, 그보다는 어머니 어깨 너머로 보이는 관의 끝

자락으로 눈길이 갔어요. "엄마, 저게 뭐야? 저 두 사람은 누구야?" 어머니는 날 고쳐 안으며 대답하셨어요. "저분들은 수녀님이란다. 아빠의 특별한 친구들이고 하느님의 특별한 친구들이셔. 저분들이 고등학교 때 아빠를 가르쳐주셨고, 오늘 밤 여기 계실 거야. 그리고 하느님이 아빠의 영혼을 거두러 오시면 이렇게 말씀해주실 거야. '이 사람은 조앤의 아빠랍니다. 아주 좋은 사람이에요. 그러니 곧장 하느님께 데려가주세요.'"

나는 속으로 중얼거렸어요. 나도 저런 사람이 되고 싶다. 세상에서 제일 좋은 직업인 것 같았거든요. 그냥 앉아서 기다리면 천사들이 오는 거잖아요. 그때부터 수녀님들만 보면 쏜살같이 달려가서 인사를 했어요. "안녕하세요, 수녀님. 안녕하세요, 수녀님!"

나는 가톨릭 학교에 들어갔고, 실망스럽지 않았어요. 수녀님들은 사랑이 넘치고, 현명하고, 능수능란했답니다. 수녀님들은 내게 여성됨(womanhood)의 귀감이었어요. 그런 단어도 생겨나기 한참 전에요.

조앤 치티스터 | 《모든 일에는 때가 있다》 등을 쓴 수녀

찰나의 목소리에서 비롯된 영원한 뿌리

다섯 살 때의 어느 날이었습니다. 혼자 조지아 남부의 소나무 숲에서 놀고 있었어요. 그런데 갑자기, 빛과 온기가 나를 감싸는 느낌이 들었어요. 그러곤 내 안의 깊은 곳에서부터 희미한 소리가 들려왔습니다. "너는 만물 가운데 가장 사랑받는 존재다." 동시에 나는 또 들었습니다. "모든 사람, 한 사람 한 사람이 만물 가운데 가장 사랑받는 존재다." 이 무조건적인 사랑의 경험이 나를 압도했고, 오늘날의 내 삶을 만들어주었답니다.

에드 베이컨 | 모든 사회적 편견에 반대하는 성공회 사제

38

거추장스러운 분장을 걷으면
진정한 내가 있어요

오프라 처음 당신의 말을 들었을 때, 나랑 비슷한 과구나 싶었어요. 우린 모두 발가벗고 태어나고 나머지는 그저 '분장'이라고 하셨죠. 우리는 누구나 옷으로 몸을 감싸고 있고, 그렇게 우리의 정체성에 대해 이런저런 정의와 관념들을 제시하는 거잖아요. 철학자 피에르 테야르드 샤르댕(Pierre Teilhard de Chardin)은 말했죠. "우리는 인간적인 경험을 하는 영적 존재다." 가장 좋아하는 명언이에요.

루폴 찰스 바로 그거예요. 나는 그걸 어릴 때 느꼈어요. 그리고 생각했죠. '이 모든 게 일종의 환상이란 걸 다들 알고 있을까?'

오프라 처음 그 생각을 했을 때를 기억하나요?

루폴 찰스 거실에서 부모님이 서로 치고받으며 미친 듯이 싸우시던 때가 기억나요. 그러면 안 된다고 생각했죠. 그런데 열한 살 때쯤 드라마 〈몬티 파이튼의 비행 서커스〉를 보며 나와 같은 부류를 발견했어요. 저 사람들은 아는구나 싶었죠. '저 사람들은 건방지고, 그 무엇도 심각하게 받아들이지 않고, 즐기는구나. 그래, 그거지.' 굉장히 이른 나이에 알았어요. 누이들도 마찬가지였어요. 같이 웃어젖히는 거, 그게 우리의 피난처였죠. 그렇게 조금이라도 평화를 찾을 수 있었던 거죠. 난 삶의 가벼운 것들을 좋아해요. 난 가벼운 쪽으로 기우는 경향이 있어요.

루폴 찰스 | 드래그 퀸. 2017년 〈타임〉 선정 세계에서 가장 영향력 있는 인물 100인

진실의 뿌리는 우리를 연결합니다

진실을 이야기할 수 있는 장소가 필요하단 생각이 들었고, 글쓰기를 시작해야겠다는 유혹을 느끼기 시작했어요. 신이 나를 귀찮게 쿡쿡 찌르면서 소파에서 일어나 글을 쓰라고 말하는 것 같기도 했죠. 하지만 나는 무시했어요.

그러던 어느 날 컴퓨터 곁을 지나는데 '당신이 나에 대해 모르는 25가지'라는 글자를 발견했어요. 친구들이 자신에 관한 목록을 작성하고 있었던 거예요. 나는 생각했어요. '좋은데? 나도 하나 만들어보지 뭐.' 그렇게 컴퓨터 앞에 앉아 목록을 작성했죠.

그러고 나서 자리를 떴는데, 두 시간 뒤에 돌아와 보니 내 목록이 계속 공유되고 있었고, 새 이메일이 27통이나 와 있었답니다. 아차 싶었죠. '쓰기 전에 다른 애들 거 먼저 읽어볼걸!'

예컨대 내 목록 6번은 이랬거든요. '나는 음식 중독과 알코올 중독을 치료하고 있으나 여전히 술이 그립다. 마치 우리를 상습적으로 폭행하고 죽게 내버려두는 누군가를 우리가 비뚤어진 방식으로 그리워하는 것처럼.'

내 목록 전체가 이런 식이었어요. 하지만 내 친구 사라의 6번은 이랬어요. '내가 가장 좋아하는 간식은 후무스다.' 죽고 싶었답니다. 전부 회수하고 싶었어요. 그런데 그날 밤 내게 온 이메일들을 열어보기 시작했어요. 평생 알고 지냈으면서도 진짜로 알지는 못했던 사람들에게서 온 이메일이었죠. 이렇게 적혀 있었거든요. "세상에, 글레넌, 지금 너의 목록을 읽었어. 난 거식증을 12년 동안 앓았는데 아무한테도 말을 못했어." "글레넌, 방금 목록 읽었어. 요즘 우리 부부가 힘들어.

어디다 토로해야 할지 모르겠어.""글 레넌, 네 목록 잘 읽었어. 사실 우리 아빠가 우울증이셔." 등이 이어졌습 니다. 난 생각했어요. '이거 흥미롭군.'

이런 진실의 이야기는 사람들을 잠금 해제시킬 수 있어요. 저는 연결됨을 느꼈습니다. 진짜 나와 진짜 타인 사 이가요.

글레넌 도일 | 비영리단체 투게더 라이징 설립자, 작가

뿌리는 직업으로 설명되지 않아요

오프라 스스로 되고 싶은 남자의 모습 을 어릴 때부터 줄곧 머릿속에 그려 왔다고 들었어요. 그런 자신의 기대에 부응했나요? 당신의 비전을 충족시켰 나요, 아니면 넘어섰나요?

조 바이든 대체로 내가 되고자 했던 사 람이 결국 됐다고 믿어요. 그런데 그 건 타이틀의 개념이 아니에요. 사람 들은 보통 이 말을 이렇게 해석하죠. "어릴 때부터 국회의원이 되고 싶었

다" 혹은 "나는 대통령이 되고 싶었 다"라고요. 하지만 그런 게 아니었어 요. 사실은 부모님의 기대에 부응하고 싶었답니다. 어머니의 기준을 만족시 키는 사람이 되고 싶었어요. 그건 바 로 용기 있는 사람이죠. 나는 어떤 일 이 닥치든 오뚝이처럼 일어나 꾸준히 나아가는 사람이 되고 싶었어요. 또 내게 충실한 사람들에게 충실한 사람 이 되고 싶었습니다.

조 바이든 | 2009~2017년 미국 부통령, 2020년 미국 대선 후보

신은 당신을 위해 꿈을 꿉니다

어릴 적 꿈꿔온 것이 현실이 될 때, 그 때가 운명적 순간입니다. 하지만 이는 우리가 태어난 이유 중 하나일 뿐 전부는 아니에요. 우리가 태어난 이유는 매일 성장해서 우리를 창조한 이의 모습을 더 닮고, 더 드러내기 위해서 랍니다.

신은 궁극적으로 꿈꾸는 존재입니다. 그는 우리에 대한 꿈도 꾸고, 저에 대한 꿈도 꾼답니다. 그러니 삶에서 가장 멋진 일은, 신이 나를 위해 어떤 꿈을 꾸고 있는지 살짝이나마 엿보는 거예요.

윈틀리 핍스 | 25장 이상의 앨범을 낸 보컬리스트, 목사

열정은 감정을 통해
당신에게 속삭이고
당신이 가진 가장 좋은 선으로
당신을 손짓한다.

— *Oprah* —

CHAPTER THREE

속삭임

THE WHISPERS

나에게 2018년 초반은, 우리 마을 캘리포니아 몬테시토를 초토화시킨 처참한 산사태로 영영 기억될 거예요. 최악의 산불과 폭풍우의 여파로 토사와 잔해가 산을 타고 대거 휩쓸려와 적어도 스물한 명이 목숨을 잃었어요. 이웃들은 함께 모여 애도하고, 손을 맞잡고, 결국 감내했습니다. 그것을 지켜보며 나는 우리의 삶이 순식간에 송두리째 바뀔 수 있다는 걸 다시 한 번 깨달았습니다. 자연재해, 질병, 설명할 수 없는 사건 사고 등 가슴을 찢는 순간들은 매일같이 일어나며, 가장 의식 있는 사람조차 기습적으로 공격해 우리를 무릎 꿇게 합니다.

이 경험을 통해 나는 '통제 밖의 상황'이 의미하는 바를 더 잘 이해하게 됐고, 우리가 진정으로 통제할 수 있는 대상에게 나 자신을 더 맞추게 됐답니다.

산사태는 하나의 자연 현상이었어요. 문자 그대로 대문을 박차고 들어온 그 재앙을 막을 방법이 없었죠. 하지만 개인적인 문제들은 대부분 그렇지 않아요. 실업, 경제적 어려움, 실연, 자녀와

의 갈등 같은 상황들은 충격으로 다가올 수는 있지만, 귀띔도 없이 갑자기 닥치는 일은 거의 없습니다.

삶은 언제나 우리에게 말을 걸어온답니다. 이는 내가 그동안 틈날 때마다 최대한 많은 이들과 공유하고자 했던 나의 가장 보배로운 원칙 중 하나예요. 삶은 이 나지막한 속삭임을 통해 우리를 올바른 다음 단계로 안내하지요. 그 속삭임은 대개 첫 번째 경고이기도 해요. 내면 깊은 곳에서 은근하게 "음, 뭔가 잘못됐는데?"라고 쿡 찌르거나 "더 이상 내가 있을 곳이 아니야"라고 속삭이기도 합니다. 뱃속이 철렁 내려앉는 느낌이기도 하고, 말하기 전 잠깐의 머뭇거림이기도 하며, 전율이기도 하고, 뒷덜미의 털을 곤두서게 하는 소름이기도 하죠. 어떤 형태의 속삭임이든 그건 우연이 아니랍니다. 삶이 우리에게 뭔가를 말하려 하는 거예요.

이러한 신호에 귀를 기울이면 개인적인 진화로 나아가는 문이 열리고, 삶의 목적에 다가갈 수 있습니다. 이런 신호를 묵살하는 건, 그러니까 몽유병자처

럼 살아가는 건 혼돈으로 가는 지름길이에요. 삶의 속삭임을 어떻게 받아들이느냐에 따라 기적적인 결과를 이뤄낼 수도 있고 그 반대의 결과에 이를 수도 있어요. 이번 장에는 양쪽 모두의 사례가 등장한답니다.

특히 인상 깊었던 대화는 작가이자 강연가인 쇼나 니퀴스트(Shauna Nie-quist)와의 대화였어요. 두 아들을 키우는 풀타임 워킹맘으로 전국을 누비며 바쁘게 살아가던 그녀는 어느 날 깨달았다고 합니다. 지금의 삶이 자신이 원하는 삶과 닮지 않았다는, 갈수록 증폭되는 경고음을 더 이상 간과해선 안 된다는 걸 말이죠.

그녀는 그 신호가 얼마나 물리적인 동시에 영적이었는지 들려줬습니다. 그리고 어떻게 결국 시간을 내어 그 신호에 귀 기울이고 가장 필요한 변화를 도모해 평화를 찾게 됐는지도 얘기해줬죠.

삶은 성장이며 변화입니다. 둘 중 아무것도 하고 있지 않다면 첫 번째 신호를 이미 받았을 거예요. 자신에게 활력을 주고, 연결감을 주고, 자극을 주는 것을 주시하세요. 직관을 따르고, 좋아하는 것을 하세요. 그러면 성공 그 이상을 하게 될 겁니다. 높이 날아오르게 될 거예요.

— *Oprah*

선물을 소홀히 할 때 경종이 울리죠

당신이 삶을, 시간과 에너지를 최상의 용도를 위해 쓰고 있지 않다면, 그리고 머릿속 한 귀퉁이에서 뭔가가 땡, 땡, 땡, 땡 울리고 있다면, 당신은 놓치고 있는 겁니다. 삶을, 목적을, 열정을, 흥분을, 의욕을 놓치고 있는 거예요. 나는 당신을 흔들어 깨우고 휘저어서 매 순간이 소중한 선물임을 이해시키고 싶어요. 1분 1초가 선물입니다. 모든 생각이 선물이고, 모든 깨달음이 선물이며, 당신이 만나는 모든 사람이 선물이에요. 그리고 당신에겐 당신이 가진 걸 극대화할 수 있는 기회라는 선물이 있답니다.

T. D. 제이크스 | 대형교회 포터스하우스 설립자, 주교, 《운명》, 《담대한 믿음》 등을 썼다

침묵하면 들립니다

쇼나 니퀴스트 만약 저녁식사를 하며 우리에게 가장 중요한 게 무엇인지에 대해 대화를 나눈다면, 나는 아마 가족이라고 말할 거예요. 정신적인 삶, 사랑하는 이들과의 깊은 연결감도 중요하다고 하겠죠. 그리고 놀기, 추억 쌓기, 모험하기, 그게 나라고 말할 거예요.

하지만 당신이 만약 내 하루하루를 들여다본다면, 솔직히 고달프고 단절돼 있고 잠도 잘 못 잔 것 같고 불안해 보인다고 할 게 분명해요. 늘 부지런을 떨며 일찍 자리를 뜨고 다음 일에는 꼭 늦는다고요. 나는 가장 중요한 관계들에조차 대충 임했어요. 내가 이런저런 일에서 돌아왔을 때 그들이 여전히 그 자리에 있어주길 바라면서요. 나는 이 상반된 삶의 간극이 빠른 속도로 벌어지고 있다는 사실을 깨달을 수밖에 없었답니다.

이런 류의 여정에는 스토리를 전혀 다른 방향으로 전개시키는 플롯 포인트가 수백만 가지 있게 마련이에요. 수많은 경고가 있음에도 주의를 기울이지 않아 그 경고가 커지고 또 커지는 거죠. 그러다 차츰 깨닫기 시작했어요. 내가 무슨 수를 써서라도 침묵과 정적을 피하려 한다는 사실을요. 단지 매일의 일정만 바쁜 게 아니라는 생각이 들었어요. 나는 무언가로부터 숨고 있었던 것 같아요. 그렇지만 여전히 명확하게 설명할 순 없었죠.

그 모든 게 명확해진 건 가족여행에서였답니다. 최고의 스노클링을 할 수 있었다며 사람들이 추천해준 바다에 갔을 때였어요. 여덟 살짜리 아들과 손을 잡고 있었죠. 그러니까, 나무랄 데 없는 그림 같은 육아의 순간이었어요. "그래 이거야, 이 순간을 영원히 가슴속에 간직할 테야"라는 말이 절로 나오는 순간. 그런데, 뇌와 심장이 마치 둘로 쪼개지는 듯했어요. 무언가가 밑바닥 깊은 곳에서부터 치밀어 올랐어요. 생각나는 제일 적절한 단어는 '자기혐오'네요. 난 내가 싫어. 난 나로 사는 게 싫어. 내가 문제야. 내가 모든 것의 문제야. 내가 모든 걸 망치고 있어. 아무런 연관도 없어 보이는 음성들이었어요. 그 순간 왜 그런 목소리들이 들리는지 이해할 수 없었어요.

다만, 그때가 내가 기억하는 한 침묵하고 있던 유일한 시간이란 걸 깨달았습니다. 완전하고 온전한 침묵. 아이들 생각도 남편 생각도 없었어요. 이 일 저 일 뛰어다니는 나도 없었어요. TV 프로그램도 없었고 라디오에서 흘러나오는 노래도 없었죠. 내가 선택한 게 아닌 완전하고 온전한 침묵뿐이었어요.

내가 그동안 도망다닌 것들, 숨어다닌 것들이 많다는 걸 그 침묵 안에서 비로소 깨달았답니다. 바쁨을 방패 삼고 장벽 삼아, 이런 감정들은 어디서 오는 걸까? 무엇에 대한 감정들일까? 이런 감정들을 치유하고 빛에 비춰본다면 어떤 모습일까? 이런 질문들을 회피해왔다는 사실을요.

오프라 표면적으로는 자신의 삶을 사랑했지만, 스스로도 가까이 가고 싶지 않은 사람이 된 거군요.

쇼나 니퀴스트 맞아요. 나는 지쳐 있었어요. 그리고 지쳐 있을 때의 내가 제일 못난 나예요. 성질부리고, 초조해하고, 사소한 것들을 내 맘대로 주무

르려 하죠. 내가 정말로 정말로 피곤할 때면 모든 게 내 방식대로 돌아가야 하거든요.

오프라 지금 하신 말씀이 놀랍네요. 생산적으로 살았음에도 뭔가 이상이 있다는 걸 알았다는 거니까요.

쇼나 니퀴스트 돌아보면 내겐 편두통도 있었고 현기증도 있었어요. 식구들이 귀엽게 이름 붙여준 '스트레스 구토'도 있었고요. 걱정거리가 있으면 일주일에도 몇 번씩 토하곤 했죠.

오프라 잠도 못 주무셨죠.

쇼나 니퀴스트 매일 새벽 3시에 깼어요. 이런 게 적신호인데, 몸에 귀를 기울이지 않았어요. 영혼에 귀를 기울이

지 않았어요. 그냥 죽어라 일만 한 거예요.

오프라 뭔가 잘못됐다고 몸이 적신호를 보내는데도 눈여겨보지 않았던 거군요. 자다가 깨거나 토하는 건 몸이 "이봐!" 하고 말하는 거잖아요. 몸이 말을 걸려고 했네요.

나는 무엇이든 항상 우리에게 말을 한다고 생각해요. 우리의 삶도 언제나 우리에게 말을 해요. 그런데 그럴 때조차도 당신은 그걸 못 들었거나 달리 해석했던 거죠.

쇼나 니퀴스트 유능하고 책임감 있는 사람이라는 평판에 너무 집착했던 것 같아요. 남들의 평판이 너무 중요해서 몸과 마음의 건강을 모두 희생한 거죠.

쇼나 니퀴스트 | 《반짝이는 날들》《순간순간 음미하라》의 작가, 강연가

새벽 3시, 우리가 잠에서 깨는 이유

다니 샤피로 나는 매일 새벽 3시에 잠에서 깼어요. 실존적 패닉 상태에서 잠을 깼어요. 정확히 무엇이 문제인지는 몰랐지만, 다만 내가 추락하고 있는데 나를 잡아줄 게 아무것도 없다는 느낌이 들었어요. 그리고 나는 그것이 영혼의 위기와 관련 있다는 걸 직관적으로 알았어요.

오프라 재미있는 건, 그런 불안감과 위기감이 몸 안에서 범람하고 있는 걸 내내 느꼈다는 거예요. 적어도 느끼고는 있었단 거죠. 내 생각엔 너무나도 많은 이들이 단절돼 있고, 반복되는 일상에 무감각해져서, 잠깐 멈춰서 자신의 감정을 알아챌 수 있는 기회조차 갖지 못하는 것 같아요. 그러니까 가끔 새벽 3시에 우리를 잠에서 깨우는 거죠.

다니 샤피로 하루 일과를 마치고, 목록에 적힌 모든 할 일을 끝내고, 가야 할 모든 곳에 다녀오고, 식탁에 앉아 저녁을 먹고, 이메일에 답장을 하고, 말그대로 끝도 없는 목록에 있는 모든 일을 해치운 뒤 침대에 몸을 누이죠. 그러면 잠이 들어요. 그런데 내 안에 있는 뭔가가 억지로 날 깨우는 거예요. 왜냐하면 그건 내가 미처 처리하지 못한 것이었으니까요.

오프라 그런 동요를 겪을 수 있어 다행이에요, 정말로요.

다니 샤피로 맞아요. 그건 선물이에요, 경종이죠.

다니 샤피로 | 여러 권의 회고록과 소설을 펴낸 베스트셀러 작가

내 안의 직관적 목소리를 들으세요

캐롤라인 미스 우리 안에는 직관적 목소리가 있어요. 애초에 우리는 직관적으로 태어나거든요. 사실 우린 너무나도 직관적이어서 그건 가장 큰 고통의 근원이기도 해요. 왜냐하면 우리는 스스로를 배신했을 때 그 소리를 듣거든요. 스스로에게 정직하지 않을 때도 우리는 충분히 알고 있어요. "그 말은 하지 말았어야지"라든가 "그러면 안 되는 거 알지"라고 말하는 목소리죠.

오프라 "아직도 그 사람이랑 사귀고 있구나, 12년 전에 헤어졌어야지." 이런 말이죠.

캐롤라인 미스 그게 바로 양심의 목소리, 직관적 목소리예요. 절대 꺼지지 않는, 듣고 싶지 않은 목소리죠. 그 목소리는 "밀어붙여야 해"라든가 "이건 해야만 해"처럼 우리를 계속 움직이게

하고, 삶의 수레바퀴를 돌리게 해주기도 해요. 그런가 하면 "됐다. 할 수 있는 건 다 했어. 여기까지가 한계야"라고 말하기도 하죠. 그 목소리는 우리를 인도해주고 나서, 이렇게 말할 거예요. "이제 됐어."

오프라 내가 늘 믿어온 내용이고 삶을 운용하는 방식이에요. 할 수 있는 모든 걸 다 했다는 걸 받아들이는 순간, 내려놓게 되죠. 나 자신보다 더 위대한 힘과 에너지에 맡기게 돼요.

캐롤라인 미스 그거예요. 내 모든 걸 바쳐야 해요. 나의 최선을 바쳐야 해요.

오프라 그리고 나선 결과에 연연하지 말아야 하죠.

캐롤라인 미스 그렇죠. 맞아요.

캐롤라인 미스 | 직관의학의 개척자, 《영혼의 해부》의 작가

내 존재와 단절되면 내면은 상처를 입어요

우리는 늘 그 기저가 진짜가 아닌 것 같은 자아의식을 뒤좇으며 살아갑니다. 그때부터 삶은 우리가 스스로를 모르는 것에 대한 일종의 보상이 되죠. 나라는 존재의 진실과 단절되는 건 내면에 상처를 입는 것과 같아요. 분명히 느끼게 됩니다.

그러면 우리는 그 상처를 사랑, 인정, 성공 등 자신의 외부로부터 얻고자 하는 온갖 것으로 채우려 해요. 하지만 아무리 많은 걸 이뤄도 그 안에는 공간이 남게 되죠. 내 존재의 진실을 깨닫기 전까지는 스스로의 존재가 서먹한 공간이요. 이는 다른 사람들과도 서로 낯설게 느껴지는 공간입니다.

아디야샨티 | 영성 지도자, 《깨어남에서 깨달음까지》의 작가

산다는 게 아주 중요한 일인 듯 살아가세요

존 카밧진 마음챙김이 우리에게 말하는 건 이거예요. "자신만의 길을 찾아라." 자신의 마음에 귀를 기울이고, 자신의 열망에 귀를 기울여야 합니다. 우리가 진정 이루고자 하는 건, 산다는 게 아주 중요한 일인 듯 살아가는 것이거든요.

오프라 실제로 중요하니까요.

존 카밧진 그렇고말고요.

존 카밧진 | 의학 박사, 《왜 마음챙김 명상인가?》 등을 쓴 '마음챙김 명상의 아버지'

본능적으로 끌리는 것이 있나요?

보니까 선반에 책들이 있더라고요. 그 중 하나가 《퍼시픽 크레스트 트레일 볼륨 1 : 캘리포니아》였어요. 처음 들어보는 트레일이었어요. 배낭여행을 가본 적도 없었고요. 하이킹은 좀 다녔고 미네소타 북부 황야에서 자라기도 했지만 이 책은 왠지 모르게 나를 잡아당겼어요. 그래서 책을 뒤집어 뒤표지의 글을 읽었죠. 멕시코에서 시작해 시에라네바다와 캐스케이드 산맥을 따라 캘리포니아, 오리건, 워싱턴 주를 가로질러 캐나다까지 이어지는 기가 막힌 트레킹 코스 얘기가 적혀 있었어요. 굉장히 중차대하고 엄청나게 웅장하고 의미 있는 것으로 보였어요. 이런 수식어들이 당시의 내게는 전혀 해당사항이 없었기에 그저 여기에 내 자신을 결속시키고 싶어졌죠. 이를 가장 잘 표현할 수 있는 말은, 가슴속에서 뭔가가 꽃피었어요. 뭔가가 활짝 열리는 듯한 느낌, 혹은 경이감이 느껴졌어요. 그 순간 본능적으로 알았어요. 황야야말로 나를 가장 강렬히 끌어당기는 장소라는 걸요.

셰릴 스트레이드 | 대표작 《와일드》 외에 《안녕, 누구나의 인생》 등을 썼다

우리에겐 앞으로 나아가게 해주는 본능이 있어요

페마 초드론 평생 내게는 앞날이 관측되는 어떤 본능이 있었어요. 이해할 수 있을지 모르겠지만······.

오프라 너무나도 잘 이해됩니다. 우리 모두는 저마다의 패턴이 있다고 생각해요. 그 패턴이 무언지는 스스로 알아내야 하죠. 나의 패턴은 이렇답니다. '이 일을 하며 내가 배울 수 있는 최대한을 배웠구나. 이제 앞으로 나아가야지.' 어떤 일로부터 배울 수 있는 최대치를 다 배우고 나면 그렇게 돼요. 그러고 나면 내 앞에 뭔가 다른 것이 스스로 모습을 드러내죠.

페마 초드론 신기하게도 항상 앞이 있죠.

오프라 숨이 남아 있는 한, 앞이 있는 거죠.

페마 초드론 | 비구니, 《지금 여기에서 달아나지 않는 연습》의 작가

속삭임을 따라가다 보면
목적지에 와 있을 거예요

나는 내 이야기를 들은 사람들이 '아, 참으로 영감을 주는 이야기구나' 하고 생각하기보다는 영감을 받아 스스로 행동을 취했으면 좋겠어요. 나는 살면서 온갖 작은 속삭임들에 이끌려 왔어요. 그런데 최근 몇 년 동안은 속삭임들이 잠잠해졌답니다. 이젠 내가 내게 의도된 곳에 와 있기 때문인 것 같아요.

에이미 퍼디 | 여성 스노보더, 장애인올림픽 메달리스트

나를 움직인 힘이 역사를 바꾸기도 합니다

우리는 평범한 인간이고, 평범한 사람들이었습니다. 내가 '역사의 정신'이라 부르는 것에 자극을 받았을 뿐, 그저 어떤 힘이 우리를 붙잡았어요. 무언가 해야만 했고 무언가 말해야만 했답니다. 그러지 않았다면 역사는 우리에게 친절하지 않았을 거예요.

존 루이스 | 흑인 투표권 쟁취 시위를 이끈 민권운동가, 미 하원의원

산만하면 들리지 않아요

가끔 생각합니다. '난 그냥 신이 어디로 가라고 말해줄 때까지 기다리고 있는 거야.' 마치 "신이시여, 제가 뭘 하길 바라는지 말씀해주세요"라고 말하는 것처럼 말이죠.

이젠 더없이 분명하게 이해합니다. 신이 내게 말해주지 않는 게 아니라, 너무나도 오랫동안 내가 귀를 기울이지 않았던 거였어요. 신과 나눠야 하는 대화를 너무도 많은 소음이 가리도록 놔두고 있었어요. 그는 내내 내게 메시지를 보냈지만, 내가 너무 산만했어요.

웨스 무어 | 빈곤퇴치단체 로빈후드 CEO

내가 무언가를 원할 때
신은 세 가지 답 중 하나를 주신다.
하나는 "예스."
다른 하나는 "예스, 그런데 당장은 아니야."
또 다른 하나는 "안 돼, 왜냐하면 내가 너를 위해
더 나은 걸 준비하고 있기 때문이야."

케리 워싱턴

영혼은 언제 가장 상처입을까요?

내가 영혼을 잘 보살피고 있는지 아 닌지는, 나를 통해 살아가고자 하는 삶을 보면 알 수 있습니다. 어느 시점 에서든 삶은 우리에게 힌트를 줄 거 예요. 이직을 하라거나 심지어 재혼을 하라고요. 만약 그걸 억누르고 "싫어, 그건 나를 망가뜨릴 거야"라고 한다 면, 삶을 외면하겠다는 것과 다름없습 니다. 그게 바로 영혼이 가장 상처를 입는 지점이에요. 나의 인격은 영혼으 로부터 나오지, 머리에서 나오는 게 아닙니다. 삶이 나를 통해서 살아지도 록 허락하는 데서 비롯됩니다.

토마스 무어 | 《영혼의 돌봄》《나이 공부》의 작가, 강연가, 심리치료사

나는 나 자신에게 증명할 게 많다.
그중 하나는
내가 두려움 없이
인생을 살 수 있다는 것이다.

— *Oprah* —

CHAPTER FOUR

구름

THE CLOUDS

나는 세 살 반 꼬마일 때부터 사람들 앞에서 발표를 하기 시작했어요. 교회에서 '부활절 발표'를 하면서부터였는데 아직도 그 첫 구절을 기억해요.

> 예수께서 부활하셨네
> 할렐루야 할렐루야
> 모든 천사들이 선포했다네

앞줄에 앉아 있던 숙녀들은 우리 할머니에게 말하곤 했어요. "손녀딸이 말을 참 잘하네요." 결국 난 내쉬빌 전역의 교회로 초대를 받아 제임스 웰든 존슨(James Weldon Johnson)의 〈신의 트롬본 : 일곱 개의 흑인 운문 설교〉에 나오는 시 전체를 낭송하게 됐죠.

그때 이후로, 무대의 규모가 어떻든 관객이 누구든 간에 앞에 나서서 발표하는 것에 전혀 두려움이 없었어요. 사실, 발표는 여러모로 내가 가장 나답게 느껴지는 일이었답니다. 도토리 속의 떡갈나무를 보여주는 또 하나의 사례라고 할 수 있죠.

그런데 이건 어디까지나 하버드대학

교에서 전화가 걸려오기 전까지의 얘기입니다.

그 무렵, 나는 이미 전 세계 각지에서 말을 한 경력이 30년도 넘은 때였어요. 수만 명의 관중으로 꽉 찬 스타디움에서, 그리고 수백만 명이 시청하는 TV 프로그램을 통해서요. 그러나 이 382년 전통의 아이비리그 학교에서 졸업 축사를 맡아달라는 요청을 받은 건 중대 사건이었습니다. 아니, 미시시피 시골 출신 여성들 가운데 하버드에서 연사로 나서게 된 사람이 몇 명이나 되겠어요. 이 얼마나 영광입니까!

또 그 부담은 어찌나 크던지. 나는 극도의 부담감을 느꼈어요. 내적 고뇌가 어느 정도였냐면, 글을 쓰려고 노트북 앞에 앉았다가도 텅 빈 화면을 한 번 쳐다본 뒤 노트북을 닫고는 "이따가 해야지" 하는 식이었답니다. 그러고는 더 고민하고, 언제 할지 데드라인을 정정하고, 그러다가 알람이 울리면 빠져나갈 핑계거리를 찾았죠. 무슨 말인지 다들 아시잖아요.

보통 불확실성 앞에서 외는 나의 주

문은 "어떻게 해야 할지 모를 땐, 아무 것도 안 하면 답이 찾아온다"인데, 불확실한 게 아니었어요. 내 모든 부분이 이 축사를 하길 원했어요.

내게는 또 "미심쩍을 땐 하지 마라"라는 행동 수칙도 있었지만, 의심스러운 것도 아니었어요.

그건 두려움이었습니다. 이 명석한 하버드 학생들에게 깨달음을 줄 수 있을 만한 게 아무것도 없다는 두려움, 그들이 전에는 들어본 적 없는 할 얘기가 아무것도 없다는 두려움이었죠. 이 두려움은 늑장부리기로 발현됐고, 곧 죄책감으로 이어졌어요.

몇 개월 뒤, 나는 작가 스티븐 프레스필드(Steven Pressfield)와의 대화를 통해 드디어 이런 감정들을 이해할 수 있게 됐답니다. 그가 말했죠.

"어떤 행위가 우리 영혼의 진화에 더 긴요할수록 그에 대한 저항감은 더 커집니다."

그는 어떤 꿈을 꾸든 저항의 그림자는 불가피하다고 설명해줬어요. 마치 음과 양처럼 말이죠. 그림자 없는 꿈은 꿀 수 없다는 거죠. 그러니까, 내가 하버드 연설에 더 큰 중요성을 부과할수록 저항은 더 강해지는 거였어요.

이는 나에게 큼지막한 '아하!'였어요. 또한 놀랍도록 위안이 됐지요. 그동안 번뇌한 나 자신을 탓할 필요가 없고, 내가 겪고 있던 건 일종의 정신적 법칙이라는 뜻이었으니까요. 머릿속에서 날뛰던 걱정들은 비관성이라는 자연적 힘의 작용일 뿐이고, 우리 모두의 안에 살고 있는 그림자였을 뿐이었으니까요. "넌 자격이 모자라. 네가 이 하버드생들에게 무슨 할 말이 있다고 생각해?"라며 우리의 무가치함을 설득하려 하는 그림자 말이죠. 이걸 이해하자 모든 게 바뀌었어요. 마치 구름이 걷힌 것만 같았어요!

"모든 꿈에는 반사적으로 저항이 따르게 마련이다"라는 스티븐의 이론은 두려움을 바라보는 완전히 신선한 방식이었어요. 그렇지만 우리의 순전한 포부와 의지가 그 그림자를 능가할 수 있습니다. 당신이 정하는 거예요. "난 이걸 원해"라고 당신이 선언하는 겁니다. 그러고는 두려움에 정면으로 맞서야 하죠.

이 장의 여러 대화와 인용을 통해 보시겠지만 두려움, 의심, 걱정은 우리의 내면에서만 비롯되는 게 아니에요. 저항은 당신을 가장 아끼는 이들로부터 비롯되기도 한답니다. 그들은 무수한 이유를 대며 당신이 꿈을 향해 나아가지 못하게 할 수도 있어요. 기억하세요. 비록 대개는 좋은 의도라 할지라도, 당신의 가장 가까운 동지들조차 그들만의 안건에 따라 움직인다는 사실을요. 알게 모르게요. 하버드 축사 얘기를 마저 하자면, 하버드를 나와야만 하버드 졸업생들에게 연설할 수 있는 게 아니라는 걸 깨닫고 나자 나만의 리듬을 찾을 수 있었어요. 하버드가 있는 케임브리지 시에서 더할 나위 없이 좋은 시간을 보냈답니다. 나는 그 그림자를 제압한 내 자신이 뿌듯해요. 두려움은 실재합니다. 다들 맛보았을 거예요. 거대한 장애물이 될 수도 있어요. 용기의 진정한 의미는 두려움을 마다하지 않는 거예요. 무릎은 후들거리고 가슴은 콩닥거려도 일단은 뛰어보는 거죠.

하나, 둘, 셋!

— *Oprah*

우리 대부분에게는 두 개의 삶이 있다.
우리가 살고 있는 삶과
우리 내면에 있는 살지 않은 삶.
이 둘 사이에는 저항이란 게 버티고 있다.

스티븐 프레스필드

진짜 문제는 나 자신에 대한 믿음이에요

이얀라 반젠트 나는 세상과 싸우는 게 아니에요. "넌 그거 못해. 하지 마"라고 말하는 나의 일부와 싸우는 거예요. 그럼 나의 한쪽에서는 이렇게 말하죠. "왜 그래, 할 거야." 그럼 또 다른 한쪽이 받아친답니다. "지난번에 어떻게 됐는지 기억 안 나? 그걸 하려고? 너 그거 못해." 전부 다 내 안에 있어요. 여기가 바로 진짜 싸움이 벌어지는 곳이에요. 믿음의 핵이자 본성이 개입되는 곳이기도 합니다. 우리 안에 있는 이 두 가지 파요. 특히 빈털터리로 못나고 시시하게 투덜거리며 살라고 하는 쪽이 그렇죠.

오프라 그건 왜 그러는 거죠? 두려워서?

이얀라 반젠트 통제가 가능하니까요. "가난하고 불쌍하게 허우적대고 괴로워하고 분노하는 거, 뭔지 알아. 나 그거 어떻게 하는지 알아." 이러는 거죠. 그런데 열린 태도로, 믿음이 반드시 필요로 하는 취약한 상태가 되는 건 낯선 거예요.

오프라 살면서 "사람을 믿기가 어렵다"라는 말을 한 번도 안 해본 사람은 없을 거예요. 그런데 그게 문제가 아니라는 거네요?

이얀라 반젠트 네. 진짜 문제는 나 자신에 대한 믿음이에요. 내가 올바른 선택을 하리라고 믿는 것, 목소리를 듣고 그것을 따르리라 스스로를 믿는 거요. 나 자신에 대한 믿음이 있으면 사람들이 날 배신하든, 버리든, 인정하지 않든, 뭘 어떻게 하든 당신은 괜찮을 거예요.

오프라 "나 자신에 대한 믿음 속에서 살 때, 누가 무슨 말을 하고 무슨 행동을 하든 상관이 없어진다." 이 말이 정말 좋네요.

이얀라 반젠트 맞아요. 심지어 그런 말들은 들리지도 않게 돼요. 한편으로는, 가끔은 기꺼이 홀로 설 의향이 있어야 한다는 뜻이기도 해요. 누군가를 열받게 하는 것도 개의치 않아야 하죠. 남들과 다르게 보이고, 다르게 들리고, 다르게 되려는 각오가 있어야 하는 거예요.

그런데 이런 위험들은 많은 이들이 굳이 무릅쓰려 하지 않는 위험들이죠. 왜냐하면 우리는 신을 이해하지 못하거든요. 내가 누구인지 앎으로써 스스로를 믿게 되고, 신의 성격을 이해함으로써 신을 믿게 됩니다.

이얀라 반젠트 | TV 시리즈 〈이얀라 : 픽스 마이 라이프〉 총제작자이자 진행자

다른 사람의 경주를 대신 뛰지 마세요

우리 교회에서 40년간 목회하신 아버지가 돌아가셨습니다. 내가 자란 교회였죠. 그런데 내가 그 교회의 새 목사가 된 거예요. 갑작스러웠지만, 내가 해야 할 일이라고 느꼈어요. 그냥 내 안에 있는 운명이었어요. 잘해낼 수 있을지는 알 수 없었어도 해야 된다는 건 알았죠. 그런 게 우리의 신념에 대한 시험인 것 같아요.

그 신념의 첫걸음을 뗀 건 어느 월요일이었어요. 내가 맡겠노라 공표했습니다. 그런데 그 한 주는 내 인생에서 가장 고역스러운 일주일이었습니다. 잘 수가 없었어요. 이미 나는 나의 적이었어요.

"조엘, 넌 신학대학도 안 나왔잖아. 거기 서봤자 바보같이 보일 거야. 17년 동안 연단 아래에 있었으면서 무슨 생각으로 목회를 할 수 있다고 생각하는 거야?"

나는 단상에 올랐고 연단을 붙잡고 서 있어야 했어요. 너무 떨었고, 너무 말을 빨리 했어요. 처음 든 생각은 '왜 다들 나를 쳐다보고 있지?'였답니다.

그 시점에서 교회를 바라본 적이 없었으니까요. 예배를 시작하며 생각했어요.

'아버지처럼 해야 해.'

그 6천 명의 교인은 오래도록 매주 교회에 나온 분들이기에 나도 아버지처럼 설교하고 아버지처럼 지도하지 않으면 안 된다고 느꼈어요.

처음 몇 달간은 아버지처럼 돼야 한다는 압박에 시달렸습니다. 나쁜 의미에서가 아니었어요. 나는 아버지를 사랑하니까요. 하지만 그래야 한다고 느낀 이유는, 모두가 내게 기대하는 바였기 때문이죠. 그러다 3개월인가 4개월, 5개월쯤 됐을 때였어요. '다윗은 자기 세대를 위해 목적을 섬겼다'라는 성경 구절을 읽는데 어떤 소리를 들은 듯했습니다. 나는 생각했죠.

'조엘, 아버지는 아버지의 목적을 성취했어. 이제 어서 내가 되자.'

우리는 스스로를 설득해서 꿈을 향해 가도록 할 수도 있고, 꿈에서 멀어지도록 할 수도 있습니다. 우리를 운명에서 멀어지게 만드는 가장 큰 요인 중 하나는 자신만의 경주를 뛰지 않는 것이랍니다. 남의 경주를 대신 뛸 수는 없는 법이니까요.

조엘 오스틴 | 목사, 《긍정의 힘》 《잘 되는 나》 등의 작가

출판사들이 퇴짜 놓은 책이
세계적 베스트셀러가 되었습니다

미치 앨봄 《모리와 함께한 화요일》이 크게 될 조짐은 없었습니다. 그냥 대부분의 출판사에서 퇴짜 맞은 쪼끄마한 책이었어요. 정말 많은 이들이 말했죠. "아이디어가 별로예요. 지루하네요. 이런 거 쓰지 마세요. 당신은 스포츠 기자잖아요." 모리의 굉장한 특징에 대해 설명하는데 말을 끊고 이렇게 말한 사람도 있었답니다. "그만하세요. 저희는 이 원고 안 받을 겁니다. 솔직히, 당신은 회고록이 뭔지도 모르는 거 같군요. 20년 후에 다시 오지 그래요? 그때는 회고록을 잘 쓸 수 있는 충분한 나이가 될 테니까." 그 자리를 나오면서 들었던 생각이 기억나요. '그냥 거절만 하면 안 되나? 깎아내릴 것까진 없잖아.'

오프라 우와.

미치 앨봄 그런데 나중에 다시 연락이 왔어요. 《모리와 함께한 화요일》이 성공한 후에 쓴 다른 원고에 관심을 보이더군요.

오프라 옛날 일 꺼내지 않고 원만하게 얘기했나요?

미치 앨봄 굳이 꺼내지 않았죠. 같이 일하지도 않았고요.

미치 앨봄 | 《모리와 함께한 화요일》《천국에서 만난 다섯 사람》 등을 쓴 베스트셀러 작가

단 24시간, 무엇을 가까이해야 할까요?

하루는 24시간밖에 안 돼요. 그러니 현명한 사람들과 함께하면서 더 많은 지혜를 모으도록 선택해야죠. 아니면 바보들과 어울려 다니며 삶이 흐트러지게 내버려두든가요.

팀 스토리 | 스티비 원더, 로버트 다우니 주니어 등의 인생 코치, 강연가, 베스트셀러 작가

어려움 뒤엔 영혼의 확장이 있습니다

내 환자 중에는 파산이나 이혼에 맞닥뜨려서, 혹은 인생이 던진 변화구에 겁먹은 40~50대들이 있습니다. 자신이 아무것도 아닌 존재가 될 거라고 생각하고, 그런 공허함을 직면하기가 몹시 두려운 거죠. 그 공허함 바로 밑에 광활한 영혼의 확장이 있다는 건 인식하지 못한 채 말이죠.

셰팔리 차바리 | 임상심리학 박사, 《아이만큼 자라는 부모》를 쓴 작가

잘못된 길은 없어요, 잘못된 운용만 있을 뿐

캐롤라인 미스 절망에 빠진 이들에게 나는 말합니다. 완전하게 현존해야 하고, 지금 이 순간 삶의 모든 걸 감사히 여겨야 한다고요. 나는 이렇게 말해요. 내 것이 아닌 것과 내 길이 아닌 길에 삶을 집중해왔기 때문이라고요. 맞아요, 그랬어요. 안 그랬으면 당신이 여기 있지 않았겠죠. 내 것이 아닌 것, 내 사람이 아닌 누군가에게 꽂혀 있었던 거예요. 내 것이 아니었던 어제를 아직 떠나보내지 못한 거예요.

내 것이 아닌 분노를 붙들어 매고는 그걸 놔주려 하지 않았어요. 현존감을 잃어버렸거나, 혹은 어떤 일이 일어난 바람에 한탄하죠. "그 일은 일어나지 말았어야 했어." 그러고는 거기서 절대 헤어 나오지 못했어요. 그렇지만 장담하건대 그 일은 이미 벌어졌어요. 결국 "이건 내 삶이 아니야. 어쩌다가 목적을 잃었을까"라고 말하지만, 아닙니다. 당신은 목적을 잃지 않았어요. 당신이 잃은 건 원치 않은 일이 일어나고 말았다는 현실감입니다. 마치 평범한 하루하루의 일상에서 배제되기라도 한 듯 당신은 그걸 떨쳐버리지 못해요.

사람들은 너무도 쉽사리 자신에게 말합니다. "나는 이 상황에서 탈출하고 싶은데 나 자신을 돌볼 자신은 없어. 그러니까 난 거짓말을 할 테야. 결혼생활이 행복하다고 말이야." "센 척해야지." "이건 속여야지." 하지만 이는 가슴속에 있는 모든 걸 배신하는 거예요. 모든 걸 배신하는 겁니다. 그들이 "내가 올바른 길을 가고 있는 건

가요?"라고 물으면 난 대답합니다. "진실을 말해줄게요. 당신은 올바른 길을 가고 있어요. 다만 지금 적절하게 운용을 못하고 있을 뿐입니다"라고요.

오프라 잘못된 길이란 없죠.

캐롤라인 잘못된 길을 가는 경우는 없어요. 그저 적절하게 운용을 못하는 것뿐입니다. 자신에게 해로운 선택들을 하고 있는 거죠. 그래서 지금 아픈 거예요. 지혜롭지 못한 선택들을 하고 있다는 걸 직관이 알려주고 있는 거예요.

오프라 지혜롭지 못한 선택들을 하고 있는 거죠, 지금 가고 있는 길을 포함해서요.

캐롤라인 그 길을 운용하는 방법이 스스로를 해치고 있는 겁니다. 삶의 길이 나 자신을 해치기 시작할 때, 우리는 잠깐 멈추고 말해야 해요. "내가 길을 돌아왔구나."

오프라 방금 '아하!' 했어요. 이런 깨달음의 순간이 난 참 좋은데, 당신이 '배신'이라는 단어를 사용했기 때문이에요. 난 이렇게 생각하곤 했어요. 오래전 가족에게 배신을 당해본 나로서는 그게 최악이라고 생각했죠. 가까운 이에게 배신당하는 것보다 나쁜 건 없다고 믿었어요. 그런데 당신의 말을 들으니 스스로를 배신하는 것보다 나쁜 건 없다는 생각이 들어요. 그게 최악이네요. 궁극의 배신은 스스로에 대한 배신이었어요.

캐롤라인 미스 | 직관의학의 개척자, 《영혼의 해부》의 작가

내 자존감은 내가 일구는 거예요

인디아 아리 처음 그래미 시상식에 참석했던 해는 정말 뜬금없었어요. 앨범이 많이 팔리지도 않았는데 일곱 개 부문에서 후보가 됐으니까요. 막상 시상식에서는 일곱 부문 다 상을 못 받았어요. 몇 년이 지나도록 그 일은 큰 화젯거리였죠. 라디오에서도 온통 "왜⋯⋯?" "어떻게 그럴 수가 있지⋯⋯?" 그런 거 있잖아요.

오프라 어떻게 그래미 시상식에서 일곱 개 부문에 후보로 오르고도 한 개도 못 탈 수가 있죠?

인디아 아리 그러니까요. 빈손으로 끝났어요. 사람들이 그걸 '인디아 아리 사건'이라 부르더라고요. "그래미에서 인디아 아리처럼 되면 어떻게 해?" 이런 말도 하고요. 마치 별일인 것처럼요. 그런데 난 그 일로 두 가지 깨달음을 얻었답니다. 먼저, 그게 신이 내게 돌파구를 주시는 방법이었다는 점이에요. 왜냐하면 상을 못 받았다는 이유로 갑자기 많은 사람들의 입에 오르내렸거든요. 그들은 나를 측은히 여기고 애정을 느꼈어요. 그래서 앨범 판매가 급증했죠.

두 번째는, 내가 실패를 무서워했을 뿐 아니라 성공도 무서워했단 점이에요. 당시 나는 "아, 난 그런 걸 받을 팔자가 아닌가봐. 자격이 없나봐" 하고 자책했어요. 후보에 노미네이트돼서 자축하고 즐거워해야 마땅할 때는 가슴 통증을 겪었고요. 단순하게 들릴 거란 거 알지만, 나는 정말로 이렇게 생각합니다. 내 자존감은 내가 결정짓는 거예요. 그건 나 자신이 일궈나가야 할 신성한 공간이랍니다. 왜냐하면 누군가는 꼭 나타나서 이런 식으로 떠들 거거든요. "넌 날씬하지 않아." "넌 머리숱이 그다지 풍성하지 않아." "넌 보이스 톤이 높지 않아." "넌 음악 시장에서 뜨긴 글렀어. 다른 여자애들처럼 못하니까." 하지만 할 수 있다면, 그들이 틀렸다는 걸 스스로에게 상기시켜주세요. 나는 나만의 길을 가고 있단 걸 스스로 알고 있잖아요. 가끔 나는 자문해요. "만약 내가 이걸 누릴 자격이 100퍼센트란 걸 안다면, 나는 어떻게 할까? 만약 그렇다면 어떻게 할까?"

그냥 물어보세요.

"만약 그렇다면?"

인디아 아리 | 그래미 4관왕 싱어송라이터, 배우

문제보단 가능성에 대해 이야기하세요

문제에 대해 말하는 것보다 가능성에 대해 말하는 게 더 늘어나면 변화가 일어납니다. 문제에 대해 말할 때는 에너지가 낮은 주파수대로 향해요. 의심, 걱정, 불안. 그러면 우리는 침전물이 되죠. 그런 역학 속에 들어가게 되는 거예요. 하지만 가능성에 대해 말하기 시작하면, 심지어 구체적인 실현 방법을 모른다 해도 에너지가 올라가기 시작합니다. "만약 그렇다면?"이라고 질문하세요. 만약 내가 요구하는 게 모두 채워진다면? 나는 삶에서 무엇을 하게 될까? 만약 모든 일이 내게 이롭게 돌아간다면? 과거의 모든 불운한 일들이 내 경험 안의 어떤 대단한 잠재력을 활성화시키는 쪽으로 나를 이끌고 있다면? 신이 정말 내 편이라면? 이런 식의 "만약 그렇다면" 질문을 하면 할수록 당신은 삶에서 소소한 기적들이 벌어지는 걸 보게 될 거예요.

마이클 버나드 벡위스 | 명상 지도자, 강연가, 다수의 책을 쓴 작가

어둠을 부인하지 않아야
빛을 받아들일 수 있습니다

데비 포드 그림자 믿음의 바탕에는 항상 두려움이 깔려 있습니다. "난 저렇게 되기 싫어" 혹은 "절대 엄마처럼은 되지 않을 거야" 같은 말을 할 때처럼요. 누가 우리에게 무심코 무슨 말을 할 때도 두려움을 기반으로 그 말을 판단하기 때문에 귀에 거슬리고 화가 나는 거예요. 그게 우리의 그림자란 걸 우리도 알죠. 그게 아니라면 신경도 쓰지 않을 테니까요.

오프라 극강의 그림자 믿음은 내가 부족하다는 생각 맞죠?

데비 포드 그림자 믿음의 요체는 두 가지예요. "난 부족해." 그리고 "난 매력이 없어." "난 부족해"의 또 다른 형태로 "난 쓸모없어"가 있죠. 누구보다 여성들이 선천적으로 그런 생각을 갖고 있는 것 같아요. 이 세 가지가 아주 지독한 그림자 믿음이고, 여기서 수많은 그림자 믿음들이 파생되죠. 이런 그림자 믿음은 거부하는 게 능사가 아니랍니다. 포용해야 하죠. 그리고 질문해야 해요. 어떻게 하면 내가 누구든 간에 충분히 굳건해질 수 있을지. 우리는 놀라운 선물을 지니고 태어나지만, 너무 억압되어 진짜 내 자신을 드러내질 못해요. 어둠을 용인하지 않으면, 밝음도 용인되지 않습니다.

데비 포드 | 자기계발 프로그램을 계발한 강연가, 작가

두려움이 지나가도록 길을 내어주세요

오프라 문제가 생기면 어떻게 해야 하나요?

마이클 싱어 재잘재잘 소리가 시작되는 순간 나의 내면에서 일어나는 첫 번째 반응은 릴랙스하고 뒤로 빠지는 거예요. 마음이 만들어내는 소음으로부터 한 걸음 물러나죠. 그 소리가 시작되는 순간 우리는 둘 중 하나를 하게 돼 있거든요. 내가 몸을 기울여서 관여하거나, 그 소리가 나를 끌어당기게 하거나.

오프라 네, 대부분이 그렇게 하죠.

마이클 싱어 맞아요, 그런데 릴랙스하고 뒤로 빠질 수도 있어요. 일단 뒤로 빠지고 공간을 두면, 시간이 지나면서 그러길 참 잘했다고 깨닫게 돼요. 왜냐고요? 그렇게 함으로써 그 소음이 지나갈 수 있도록 공간을 허락한 거고, 실제로 그렇게 지나가거든요. 그냥 통과하게 돼 있어요.

오프라 그런데 왜 우리는 그토록 변화를 무서워하는 걸까요?

마이클 싱어 이런 식이죠. 마음속으로 들어가 세뇌를 하는 거예요. "난 괜찮지가 않아. 내가 괜찮으려면 모든 게 어떻게 돼야 하지?" 그러고는 우리가 생각하기에 우리를 괜찮게 해줄 상황을 만들려고 발버둥치죠. 그런데 상황이 바뀌어도, 우리가 생각했던 모델과 들어맞지 않으면 겁을 먹기 시작해요. 소용이 없을 것 같아 보이니까요.

그 두려움이 관건입니다. 그 두려움을 밀쳐낼 수도 있고, 그냥 놔둘 수도 있어요. 공포에 떨며 피할 수도 있지만, 그냥 그 길로 지나가도록 내버려둘 수도 있는 거예요. 두려움은 가슴에서 올라오는 거고 아주 자연스러운 거예요. 인간이니까요. 눈앞에 두려움이 있고 눈에 빤히 보이지만, 그래도 우리에겐 긴장을 풀고 두려움이 우리를 지나쳐가게 둘 수 있는 권리가 있어요. 안 그러면 우리는 두려움을 고치려 들 거예요. 상황을 통제하려 할 거예요 다시는 두려움을 느끼지 않도록 말이죠. 그러면 모든 게 우리를 괴롭히기 시작할 겁니다. 결국 애초의 목적은 까맣게 잊은 채 두려워하기만 할 거예요. 그냥 두려움만 남는 거죠.

오프라 대안은, 삶과 싸우지 않기로 결정하는 거죠. 그런데 그걸 포기라고 느끼는 사람들도 있어요.

마이클 싱어 어떤 식으로도 포기하는 게 아닙니다. 현실이 자연스럽게 전개되는 게 삶인데, 삶과 조화를 이루고 협력해야죠. 포기하는 것도 아니고 아무렇게나 장악하도록 놔두는 것도 아니에요. 승마할 때랑 비슷해요. 말 등에서 겁을 먹고 있으면 말을 잘 못 탈 거 아니에요, 그렇죠? 하지만 그렇다고 해서 말이 제멋대로 날뛰게 놔두라는 의미는 아니잖아요. 유익하고 참여적인 방법으로 삶과 접속하고 상호작용하는 법을 배워가야 하는 거죠. 두려움을 내버려둔다는 게 삶을 내버려두란 뜻은 아니랍니다.

마이클 싱어 | 《상처 받지 않는 영혼》 《한 발짝 밖에 자유가 있다》의 작가

내 안의 두려움에게 괜찮다고 말하세요

이것은 나의 전투이며 나의 승리였습니다. 나는 모든 악마와 모든 괴물을 평생 지고 다녔지만, 빛을 비추자 깨달았어요. 아, 그들이 악마가 아니구나. 그들이 괴물이 아니구나. 용도 아니구나. 내가 그들을 더 비대해지도록 만들고 있었구나. 그들은 그냥 길을 잃은 나의 일부였구나. 가장 걱정하는, 가장 겁먹은 나의 일부였구나. 죽도록 무서웠구나. 그 두려움 때문에 짜증이 폭발한 거였구나.

이제 나는 그들에게 말해줘야 해요. 다 괜찮을 거라고. 그러면 그들은 모두 잠자리에 들 거예요. 나는 이 모든 일부의 어머니입니다. 한 번은 마음속으로 이 모든 것들의 위로 승천하며

이렇게 말했던 기억이 나요. 사랑한다, 두려움아. 이제 가서 자려무나. 사랑한다, 분노야. 너는 나의 일부야. 어서 가서 자렴. 괜찮아. 이제 내가 알아서 할게. 부끄러움아, 사랑한다. 너도 내 마음 안으로 들어와. 이제 잠을 청하렴. 안전하단다. 난 널 사랑해. 난 널 떠나지 않아. 넌 나의 일부니까. 넌 우리 가족이야. 넌 절대 나를 떠나지 않을 거야. 사랑한다, 실패야. 내 마음 안으로 들어오렴. 좀 쉬렴. 고단하구나. 두렵구나. 너희들은 그저 아이일 뿐이야. 세상의 이치를 모르는 거지. 난 너희 모두를 사랑해. 너희 모두를 위한 공간도 갖고 있어. 이제 우리는 다 함께 앞으로 나아갈 거야.

엘리자베스 길버트 | 《먹고 기도하고 사랑하라》 《결혼해도 괜찮아》의 작가

모든 꿈은 심지에서 시작된다.
당신이 마음속에 그리는 것과
당신 스스로가 완전히 정렬돼 있지 않으면
꿈은 길을 잃을 것이다.
의도가 순수해야 한다.

— *Oprah* —

CHAPTER FIVE

지도

THE MAP

누군가가 목표 달성을 코앞에 두고 갑자기 무너지는 모습을 얼마나 여러 번 보았나요? 기껏 정상에 오르고도 머무르지 못하는 경우는 어떻고요. 당신도 아깝게 놓치거나 거의 이룰 뻔한 꿈과 씨름해본 적이 있을 겁니다. 하지만 꿈을 이루지 못한 이유는 콕 집어 말할 수가 없겠죠. 스스로 일을 그르치는 자기방해는 대단히 파괴적인 사이클이에요.

작가 파울로 코엘료(Paulo Coelho)가 《연금술사》에 남긴 유명한 말을 난 굳게 믿어요. "무언가를 간절히 원할 때 온 우주가 소원이 실현되도록 도와준다." 가슴속 비전을 완성하기 위해 우주가 들고 일어나는 걸 나는 수없이 봐왔어요. 하지만 마찬가지로 꿈이 좌절되는 것도 흔히 보았죠. 경주를 완주하는 것과 결승선에서 삐끗하는 것 사이의 변수는, 내 삶의 길잡이 중 하나인 '의도'에 있어요.

어떤 탐색이든 뛰어들기 전에 먼저 비전부터 명확히 드러내야 해요. 그리고 경로를 정해야 한답니다. 공개적이거나 형식을 갖춘 선언일 필요는 없지만, 명확해야 합니다. 특히 의미와 진정성에 대한 욕구가 분명히 있는 오늘날과 같은 환경에선 더욱 그렇습니다. 사람들은 진짜와 가짜를 구분할 수 있거든요. 그러니까 당신의 계획이 지지를 얻길 원한다면, 당신이 성스럽게 여기는 쪽을 고수하세요. 당신의 진실을 감지한 사람들이 함께 일어나줄 거예요. 무엇보다, 목표를 달성할 수 있다는 걸 스스로가 온 마음을 다해 믿어야 해요. 그러지 않으면 길은 흐릿해지고, 목표는 닿을 수 없는 것이 될 겁니다.

나의 경우 여학생들을 위한 오프라 윈프리 리더십 아카데미를 세우는 여정은 겪어본 중 가장 힘겹고도 궁극적으로는 가장 보람된 여정이었습니다. 이 일을 위해 평생을 살아왔구나 싶을 정도였어요. 가난의 트라우마와 그에 따른 모든 걸 극복하려는 열망으로 가득한 소녀들을 한 명 한 명 마주할 수 있었죠. 이 든든하고 다재다능한 미래의 지도자들은, 앞날을 그릴 수는 있었지만 꽃피울 수 있는 환경이 필요했어요. 그렇기에, 비록 장애물이 많은 험난한 과정이었음에도 남아프리카공화국 요하네스버그 외곽에 21만 제곱미터에 달하는 캠퍼스를 착공하는 일은 나에게 뜻깊은 동그라미의 완성이었습니다.

감정적으로도 재정적으로도 엄청난 투자가 필요했습니다. 하지만 2002년에 넬슨 만델라 전 남아공 대통령을 만나 잠재력과 가능성을 보이는 여학생들에게 교육의 기회를 주고 싶다는 꿈을 이야기한 후로 지금까지, 학교를 향한 나의 헌신은 결코 흔들린 적이 없답니다. 그러니까 어느 인터뷰에서 그 학교가 오래 못 갈 거라는 비판에 대해 질문을 받았을 때, 내가 얼마나 놀랐을지 짐작이 가실 거예요. 나는 기자에게 물었어요. "그렇게 말하던가요?" 기자가 답했죠. "네, 초창기에요." 그녀에게 내가 건넨 대답은 이러했습니다.

"사람들은 나의 끈기를 몰라요. 난 뭔가에 전념하면 그게 될 때까지 혼신을 다하죠. 과연 무엇이 나를 그만두게 할 수 있을지 상상조차 안 되는데요?"

나에게는 이 학교가 리더를 육성하고, 위대함을 향한 영감을 주는 곳이 될 거라는 비전이 있었어요. 그래서 양말 한 짝, 신발 한 켤레, 문짝 하나, 책 한 권까지 손수 골랐답니다. 입학생들을 존중하는 뜻에서요. 그 의도의 순수성이 내 가슴부터 머리까지 한 줄로 정렬돼 있었어요. 다른 동기는 없었어요. 오로지 남아공의 아파르트헤이트 폐지 후 1세대 여성들에게 선택의 힘을 주고자 했어요.

그렇다고 자문하지 않았다는 뜻은 아니랍니다. 녹록지 않은 시기인데 과연 그럴 만한 가치가 있는 일인지 나 역시 궁금했습니다. 하지만 나 자신에게 질문할 때마다 돌아오는 대답은 항상 같았습니다. "그래, 가치가 1,000퍼센트 있고말고." 나는 확신했어요. 이 여학생들을 잘 가르쳐서 내가 그들에게 누차 강조했던 걸 그들도 나중엔 알게 될 수 있을 거란 걸요. 바로, 나를 규정하는 건 나의 상황이 아니라 나의 가능성이라는 것을.

이번 장에서는 목적을 발견하는 것이 경로에 충실한 것에서부터 시작된다는 점을 더 잘 이해하게 되길 바랍니다.

오랫동안 품어온 꿈을 이루고 싶든, 커리어에서 더 큰 활약을 펼치고 싶든, 더 많이 베풀고 싶든 아니면 깨진 관계를 복구하고 싶든 일단 스스로에게 물어야 합니다. 무엇 때문에? 진의가 뭐야? 그러고 나서 물어야 해요. 그렇다면 어떻게 실행할까?

오프라 윈프리 리더십 아카데미는 2017년에 10주년을 맞았습니다. 지금까지 400명에 이르는 학생들이 졸업 후 전 세계의 대학으로 진학했죠. 나는 꿈의 학교를 만드는 일에 착수했어요. 가장 총명하지만 가장 취약한 학생들이 자신만의 목소리를 찾고, 장벽이란 없다는 것, 그들이 가진 유일한 제약은 스스로가 만드는 제약뿐이란 걸 깨칠 수 있는 학교죠. 첫날부터 나는 당부했어요. 천장을 깨는 데 그치지 말고 그 너머까지 올라가보라고.

비관론자들에 대해 질문했던 그 기자와의 인터뷰요? 그녀에게 덧붙여 말했죠. "내 반대편에 베팅하지 마세요. 진정한 자기 자신을 아는 사람을 이길 수는 없거든요. 나는 내가 누군지 알아요. 내가 왜 이 일을 하는지도 알죠. 그러니 나라면 내 반대편에 베팅하진 않을 거예요." 나의 의도가 나의 신념과 가지런히 정렬돼 있다는 게 분명해지는 순간, 모든 베팅이 무효가 됩니다.

이미 당신이 이겼으니까요!

— *Oprah*

때론 길이 보이지 않더라도
비전이 이끄는 대로 가세요

비전이 없으면, 내가 아는 것에 갇혀버립니다. 그런데 내가 아는 건 내가 이미 본 것들뿐이죠. 하지만 내 안에서 꿈틀대는 비전, 아침에 같이 눈 뜨는 비전, 밤에 함께 잠드는 비전, 나와 함께 움직이는 비전, 최악의 날에도 들춰볼 수 있는 비전은 나를 앞으로 끌어당겨줍니다. 비전을 확립하세요. 비전을 뚜렷하게 정립하세요. 무엇을 할지 뿐만 아니라 왜 하는지, 매일 매 시간 어떻게 할지까지요. 다만 이 '어떻게' 부분은 닥쳐야 드러나기도 합니다. 그냥 깜깜한 채로 걸어야 할 때도 있어요. 그러나 하루하루 비전대로만 하다 보면, 한 발 한 발 앞으로 옮기다 보면, 갈망에 헌신하고 복종하며 두려움을 물리치며 걷다 보면, 비전은 당신이 상상하거나 바랐던 것보다 훨씬 웅장하게 펼쳐질 겁니다.

이얀라 반젠트 ｜ TV 시리즈 〈이얀라 : 픽스 마이 라이프〉 총제작자이자 진행자 우리 모두는 기적을 누릴 자격이 있다.
기적이 일어나지 않는다면 뭔가 잘못된 것이다.
우리는 살을 뺄 능력이 있다.
우리는 돈을 벌 능력이 있다.
우리는 우리가 헤아리고 있는 것보다
훨씬 찬란한 삶을 살 능력이 있다.
하지만 우리가 그렇게 하겠다는 결단을 내려야 한다.
자유의지를 행사하고 의식적 선택을 해야 한다.
새롭게 보기 위해서 말이다.

가브리엘 번스타인

의도에 따른 선택은 우주를 바꿀 수도 있어요

우리의 할 일은 인격과 영혼을 똑바로 정렬하는 거예요. 영혼과 똑같은 의도를 가진 인격이 되는 거죠. 삶에 대한 경의, 조화와 협력, 나눔 같은 의도요. 가령 말썽꾸러기 아이가 셋이라 버거워하고 있다고 해봅시다. 아이 때문에 절망할 수도 짜증이 날 수도 있어요. 배우자에게 화를 퍼부을 수도 있고요. 어떡해야 할까요? 이 순간이 바로 진정한 힘을 자아낼 순간이에요.

첫째, 아이에게 "시끄럽게 굴면 여섯 달 동안 방에서 못 나올 줄 알아"라고 말하거나 배우자에게 소리 지르고 싶은 충동에 따라 행동하는 대신, 내면으로 들어가세요. 그게 첫 번째 단계예요. 감정을 자각하는 걸 발전시키는 단계지요. 그러면, 다음 단계에선 스스로를 아주 막강한 위치에 두게 됩니다. 그 순간을 참지 못하고 행동하는 대신 내면으로 방향을 돌리

는 것만으로도 이미 충동과 행동 사이에 작은 틈을 벌려놨기 때문이에요. 그 공간 안으로 의식을 주입할 수 있어요. 그 안에서 전에는 할 수 없던 일을 할 수 있게 됩니다. 의식적으로 선택하세요. 이렇게 결심하세요.

"나는 남편/아내에게 이렇게 말할 거야. 당신이 너무 무신경해서 질려버렸다고. 하지만 격하게 반응하는 대신, 내 성격 가운데 내가 지금 도달할 수 있는 가장 사랑하는 지점으로부터 행동할 거야." 그렇게 당신의 성격 가운데 당신이 도달할 수 있는 가장 사랑하는 지점에서 행동한다면, 당신은 아마 그냥 아무 말도 하지 않을 수 있습니다. 하지만 그땐 이미 당신은 우주를 바꿔놓은 뒤입니다. 이런 선택은 매번 의도를 선택할 때마다 가능해집니다. 두려움의 의도가 아닌 사랑의 의도를 선택할 때, 이것이 영적인 여정입니다.

게리 주커브 | 영성 분야의 대가이자 《영혼의 의자》의 작가, '영혼의 의자 연구소' 설립자

가족 간에도 서로의 의도를 먼저 알려주세요

오프라 집집마다 선언문이 있어야 한다고 하셨죠. 당신도 가족을 위해 하나 쓰셨다고요?

브레네 브라운 네.

오프라 우리들과 나눠주세요. 다른 집도 그대로 쓰거나 원한다면 수정할 수 있게요. 좀 읽어주시겠어요?

브레네 브라운 우선, 네가 사랑받고 있고 사랑스럽다는 걸 알았으면 좋겠어. 넌 이 사실을 엄마의 말과 행동을 통해 알게 될 거야. 사랑에 대한 가르침은 엄마가 널 대하는 법, 그리고 엄마가 엄마 스스로를 대하는 법에 담겨 있단다. 또 네 자신의 존재가치를 아는 상태에서 세상과 관계를 맺었으면 좋겠어. 엄마가 스스로에게 연민을 베풀고 스스로의 결점을 포용하는 걸 볼 때마다, 넌 네가 사랑과 소속감, 기쁨을 누릴 가치가 충분하단 걸 알게 될 거야. 우리 가족은 참여하고, 당당히 드러내고, 취약성을 존중할 거야. 그렇게 용기를 실천할 거야. 우리는 강점과 약점에 관한 이야기를 터놓고 나눌 거야. 우리 집엔 늘 이 둘 모두를 위한 공간이 마련돼 있을 거야. 우리는 우리 자신에게 연민을 베풀고 또한 서로에게 베풂으로써 너에게 연민을 가르칠 거야. 우리는 네가 기쁨을 알길 바라기 때문에, 감사를 함께 연습할 거야.

우리는 네가 기쁨을 느끼길 바라기 때문에, 취약해지는 법을 함께 배울 거야. 우린 함께 울고, 함께 두려움과 슬픔을 마주할 거야. 엄마는 너의 고통을 덜어주고 싶을 테지만, 그러는 대신 너와 마주 앉아 그걸 느끼는 법을 알려줄 거야.

우리는 웃고 노래하고 춤추고 창조할 거야. 우린 무슨 일이 있어도 언제나 서로에게 우리 자신일 수 있도록 허용될 거야. 너는 언제나 우리의 일원일 거야. 진심을 다해 여정을 시작하는 네게 엄마가 줄 수 있는 최고의 선물은, 나도 진심을 다해 살아가고 사랑하는 것 그리고 원대하게 꿈꾸는 거야. 엄마는 네게 그 무엇도 완벽하게 가르치거나 사랑하거나 보여주지 않을 거야. 다만 네가 엄마를 보게 해줄 거고, 엄마는 널 볼 수 있는 이 선물을 언제나 신성하게 여길 거야. 널 진심으로, 깊게 볼 수 있는 선물을.

오프라 모두가 이 말을 새기며 살 수 있었으면 좋겠네요.

브레네 브라운 나도 그러길 바라요.

오프라 그게 세상을 바꾸는 방법이죠.

브레네 브라운 나 역시 그렇게 믿어요.

브레네 브라운 | 《마음가면》《수치심 권하는 사회》 등의 베스트셀러 작가

새로운 일에 뛰어들기 전에
의도부터 세우세요

스티븐 콜베어 감독이자 연기도 잘하는 배우 스파이크 존즈(Spike Jonze, 영화 〈그녀〉의 감독)가 내게 와서 묻더군요. 프로그램 새로 들어가기 전에 뭐 필요한 거 없냐고요. 나는 좋다고, 얘기해보자고 했죠. 그래서 내 토크쇼가 방영되기 6개월 전, 나를 찾아온 그에게 프로그램에 대해 내가 바라는 점을 이야기했어요. 그런데 방송이 한동안 나가고 나서, 그가 당시 대화하며 적었던 노트를 보내줬어요. "애초 의도를 되짚어주고 싶었어요"라는 말과 함께요. 내가 했던 말들에 그가 동그라미를 치고 밑줄을 쳐놓았더군요. 그 가운데 하나는 이거였어요. "심야 코미디 쇼를 어떻게 사랑에 관한 쇼로 만들지는 나도 모르겠지만, 어떻게든 사랑에 관한 쇼가 됐으면 좋겠습니다."

오프라 의도를 세웠다는 게 흥미로워요. 나도 그 원칙을 따르거든요.

스티븐 콜베어 맞아요. 사랑이 있는 곳에 희망이 있거든요. 이젠 내가 나라를 사랑하고, 과학을 사랑하고, 팩트를 사랑하고, 또 인종이나 성정체성과 무관하게 사람을 사랑한다는 걸 시청자들도 아는 것 같아요. 이제 우리의 숙제는 가슴속에 사랑의 가치를 지니고 있지 않아 보이는 사람들조차 사랑하는 거죠.

스티븐 콜베어 | 〈더 레이트 쇼 위드 스티븐 콜베어〉의 진행자

의도된 선택이 반복되면 인격이 됩니다

성격 형성에 있어서, 우리 안에는 결정을 관장하는 중심부가 있습니다. 매 순간 결정을 내릴 때마다 혹은 어떤 경험을 할 때마다, 우리는 그 중심부를 살짝 향상시키거나 살짝 저하시키게 되죠.

　고도로 단련된 선택을 하면, 우리는 서서히 그 중심부에 어떤 기질이나 습성을 각인하게 돼요. 반면 파편화된 선택을 하면 우리는 그 중심부를 약간 퇴화시키게 되죠.

　인격자들을 보면, 그들에게는 거듭된 일관성이 있어요.

데이비드 브룩스 | 칼럼니스트, 시사평론가, 《인간의 품격》《소셜 애니멀》 등을 썼다

길을 갈 때는 자신의 위치를
아는 것도 중요해요

권력을 남용하는 이유는 자신이 잘났다는 착각, 자기도취에 현혹되기 때문입니다. 대체로는 그렇지도 않으면서 말이죠. 내가 관찰한 뛰어난 리더들은 모험을 감행하고 기꺼이 원칙에 양보할 용기가 있는 사람들이에요. 그리고 그들은 자기 자신을 잘 알죠. 자신의 강점도 알고 약점도 알아요. 강점은 발휘하고 약점은 보완하기 위해 노력합니다. 그렇게 하지 않는 사람들, 자기 자각이 없는 사람들의 권력 남용은 결국 그들의 몰락으로 이어지죠.

조 바이든 | 2009~2017년 미국 부통령, 2020년 미국 대선 후보

명령이 아닌 영감이 천리 길을 가게 해줘요

무엇을 하라고 지시하는 건 관리입니다. 하게끔 영감을 주는 게 리더십이죠. 그리고 내가 볼 때 그 영감은 세 가지에서 나옵니다. 명료한 비전, 과감한 확신, 그리고 이 둘의 효과적인 전달입니다.

제프 와이너 | 세계 최대 전문가 네트워크 링크드인 前 CEO

축복의 의도 하나면 충분합니다

나는 회의에 들어가기 전에 모두에게 그냥 사랑을 끼었으라고 항상 말한답니다. 오디션을 보러 가도, 취업 면접을 보러 가도, 사랑을 마구 뿌리세요. 어떡하지, 난 이 일이 꼭 필요한데. 난 이 자리가 절실한데. 저 사람들이 나한테 호감을 가져야 될 텐데. 이런 생각에 얽매이면, 그들이 당신을 영입하고 싶어지게끔 당신 스스로를 돋보이게 하는 능력이 떨어지거든요. 그러니 이렇게 마음먹으세요. 딴 건 모르겠고, 여기서 내가 할 일은 저 사람에게 축복을 주는 것뿐이야. 그리고 저들도 날 축복하기 위해 여기 있는 거야. 내가 그 일을 따낼지 어쩔지는 모르겠어. 내 유일한 안건은 신의 뜻대로 하는 거야. 그러면 모든 게 완벽하게 펼쳐질 겁니다.

메리앤 윌리엄슨 | 평화단체 피스 얼라이언스 공동설립자, 오프라의 '영성 고문'

당신은 무얼 하러 왔는가?
당신이 특히 잘하는 건 무언가?
그것을 꾸준하고 끈질기게 하라.
근성은 기막힌 보상으로 이어진다.

대니얼 핑크

치유의 노래를 끄집어내주세요

나는 언제나 마음속에서부터 믿었습니다. 명곡, 그러니까 내 영혼에 울림을 주고 세상에 나가 다른 사람들에게도 울림을 주는 노래는 우리로부터 나오는 게 아니라 우리를 '통해서' 나오는 거라고요. 나는 작업실에 들어가기 전에 언제나 조용히 기도합니다. 일종의 의도의 기도죠. "내 안에서 치유할 수 있는 무언가를 끄집어낼 수 있게 해주세요."

캐롤 베이어 세이거 | 〈When I Need You〉 등 수많은 히트곡을 쓴 작사가

참된 이야기는 지원군을 불러 모아요

내 책 《와일드》의 성공을 통해 얻은 가장 큰 교훈은 이거예요. 위험과 모험을 무릅쓰고, 나의 내면에 있는 가장 진솔하고 가장 곤란하며 가장 깊은 이야기를 들려준다면, 빛 속에 발을 디뎠을 때 혼자가 아닐 거라는 것. "나도 그래요"라고 말해줄 지원군들로 둘러싸이게 될 거예요. 나의 취약성을 드러내는 위험을 감수한다면, 내 참모습을 드러내는 모험을 한다면 말이죠.

셰릴 스트레이드 | 대표작 《와일드》 외에 《안녕, 누구나의 인생》 등을 썼다

문제가 아닌 가능성이 가리키는
방향으로 가세요

가능성의 크기는 언제나 문제의 크기보다 큽니다. 가능성은 무한하고, 그게 무엇이든 당신이 겪고 있는 문제보다 반드시 더 크죠. 아침에 일어나 "나는 내 목표를 향해 걸어갈 거야. 나는 내 비전의 방향으로 나아갈 거야"라고 말한다면, 삶은 괜찮아질 겁니다. 기쁨의 힘에 더 크게 끌릴 거예요. 그렇다고 난관이 없을 거란 뜻은 아닙니다. 우리는 탄탄대로를 위해 기도하는 게 아닙니다. 우리는 삶의 난관이 잠들어 있는 우리의 잠재력을 깨워주기를 기도하는 거예요.

당신이 살고자 하는 삶을 직시하세요. 그리기 시작하세요. 쓰기 시작하세요. 꿈꾸기 시작하세요. 그리고 이야기하세요. 모든 사람에게 이야기하란 뜻은 아닙니다. 모두가 믿을 만하진 않으니까요. 몇몇 친구들에게 이야기하세요. 그리고 실제 당신의 비전에게 이야기하세요. 가능성에게 이야기하세요. 사랑에게 이야기하세요. 평화에게 이야기하세요. 바로 그것을 향해 이야기하세요. 그러면 얼마 후, 당신은 그것으로부터 이야기하게 될 겁니다.

마이클 버나드 벡위스 | 명상 지도자, 세미나 지도자, 강연가, 다수의 책을 쓴 작가

배우자로 점찍었더니 배우자가 되었어요

메건 굿 영화 〈점핑 더 브룸〉에서 데번을 다시 만났을 때 이런 생각이 들었어요. '와, 저 남자야말로 결혼하고 싶은 남자야. 정말 멋있다.' 그런데 내 유년시절 상처와 과거의 관계 때문에 이런 생각이 들었죠. '그는 나랑은 노는 물이 다르지.' 너무 멋졌으니까요. 동시에 신이 말씀하시는 게 들렸어요. "지금은 나에게 집중할 때야." 그래서 그렇게 했죠. 나에게 집중하고 신에게 집중하기 시작했어요. 더 많이 기도했고, 더 깊이 신과 교감했어요. 도움의 손길을 위해 기도했고, 성장을 위해 기도했고, 치유와 성숙을 위한 기도를 했죠. 결국 9개월간 정말 나 자신을 찾으며 보냈어요. 왜냐하면 그때조차도 난 살면서 주어지는 결과에 만족하지 못하는 실수를 반복하고 있었거든요. 연애에서도 그랬고, 감정적으로도 그랬어요. 이는 내 삶의 다른 모든 영역으로까지 번졌고요. 그로부터 몇 달이 지나고 나서야 깨달음이 왔어요. 이 남자 데번이 바로 내가 결혼할 남자라는 깨달음이요. 그래서 친구들과 가족들에게도 알리기 시작했어요. 데번이 내 남편이라고요. 다들 내가 정신이 나간 것 같다고 했죠.

데번 프랭클린 우리가 데이트를 시작하기 전 이야기예요. 나도 처음 듣는데, 전혀 몰랐어요.

오프라 그러니까 스스로가 이 상황을 불러들인 거네요.

데번 프랭클린 전적으로 아내가 그렇게 한 거죠.

메건 굿 맞아요. 확신 같은 느낌이었죠.

메건 굿 | 영화 〈몬스터 헌터〉 주연배우, 영화감독, 제작자 **데번 프랭클린** | 영화 및 TV 제작자, 목회자

당신의 경로를 남들 때문에 변경하지 마세요

재닛 모크 2학년 때 학교에서 장래희망이 뭐냐는 질문을 받았어요. 비서가되고 싶다고 했죠. 내가 속한 문화에서 배운 바로는 그게 여자들의 일이었거든요. 여자들은 남자들의 꿈을 뒷받침해주는 역할을 했죠. 그러고는 집에 왔어요. 선생님이 아버지에게 쓰신 쪽지를 들고요. 아버지가 나를 칭찬해주실 줄 알았는데 이렇게 적혀 있더군요. "요주의 사안입니다." 이 일은 아버지에게 여러 모로 도화선이 됐어요. 당신 아들에 대해 갖고 있던 불안감에 방아쇠를 당겼죠.

오프라 그게 방아쇠가 된 건 아버지가 이렇게 생각하셨기 때문이겠죠. 내아들의 여성성이 나한테만 보이는 게아니라, 이젠 선생님까지도 나한테 쪽지를 써서 보낼 지경이네.

재닛 모크 그렇죠. 그래서 다들 날 뜯어고치겠다고 덤볐어요. 이 아이한테서 어떻게 이걸 빼낼 수 있을까? 아버지는 훈계를 늘어놓기 시작하셨죠. 세상을 어떻게 살아야 하며, 어떤 사람이 돼야 하는가에 관한 아버지의 첫 훈계였어요. 남자는 비서가 아니고 축구선수가 돼야 하고, 그게 남자들의 일이라고 하셨죠.

오프라 그래서 맞춰드리려 해보셨나요?

재닛 모크 네, 타협을 시작했죠.

오프라 내가 감탄한 건, 열다섯 살에 결심을 했다는 거예요. 여자로 학교를 다니겠다고요. 입학 첫해에는 찰스였지만, 그 다음 해에는 재닛이 된 거잖아요.

재닛 모크 9학년이 끝나고 제자리로 돌아왔어요. 남들이 편안한 방식대로 다니지 않겠다. 내가 편안한 방식대로 다니겠다. 작심한 거죠. 그때가 학급 총무로 선출됐을 때라 10학년 등교 첫날 앞에 나가서 이렇게 말했어요. "모두들 안녕? 나는 재닛이야."

오프라 다들 받아들이던가요?

재닛 모크 받아들였다고는 말 못하겠어요. 많은 사람들이 감내해줬죠.

오프라 그것도 심히 놀랍네요.

재닛 모건 탄복할 일이죠. 당시엔 그 수밖에 없고 그것만이 살길로 보였어요.

재닛 모크 | 트랜스젠더, 인권운동가, 작가, 제작자

'나는'이 없으면 '당신'까지 갈 수 없어요

민디 캘링 "'나는 당신을 사랑해요'라는 말을 하기 전에 '나는'이라는 말부터 할 수 있어야 한단다." 우리 어머니가 해주신 말씀이에요. 이 말은 지금까지 나의 연애에, 정신적 관계에, 공적인 관계에 전부 해당이 됐어요. 이 말의 뜻은, 누군가에게 나를 내어주기 전에 '나'가 무슨 의미인지부터 알아야 한다는 거예요.

오프라 우와.

민디 캘링 연애가 잘 안 될 때마다 난 알아차렸죠. 아, 우리 둘 중 하나가 '나'를 말할 수 없었구나.

오프라 즉 '나'를 지킬 수 없다는 뜻이죠.

민디 캘링 그렇죠. '나'를 지키는 거죠.

민디 캘링 | NBC 드라마 〈더 오피스〉의 작가이자 배우, 감독

의도는 예쁜 집이 아니라
그 집 안의 행복이에요

열한 살 때 나는 아주 단호한 결정을 내렸어요. 행복해지고 싶다는 결정이었죠. 살면서 했던 그 무엇보다, 행복하고 싶었어요. 어른들이 이렇게 묻던 기억이 나요. "넌 커서 영화배우가 되고 싶니? 댄서가 되고 싶니? 무용가가 되고 싶니? 뭐가 되고 싶니?" 난 대답했어요. "행복이요." 그러면 진짜 이상하게 쳐다봤어요. "아니, 뭐가 되고 싶으냐고 물었잖아." 나는 대꾸했죠. "행복해지고 싶어요." 그게 정말 내가 바라는 전부였어요. 의도란 게 별건가요? 행복이 마당 딸린 예쁜 집보다 나은 의도잖아요.

골디 혼 | 아카데미 수상 배우, 영화감독, 제작자

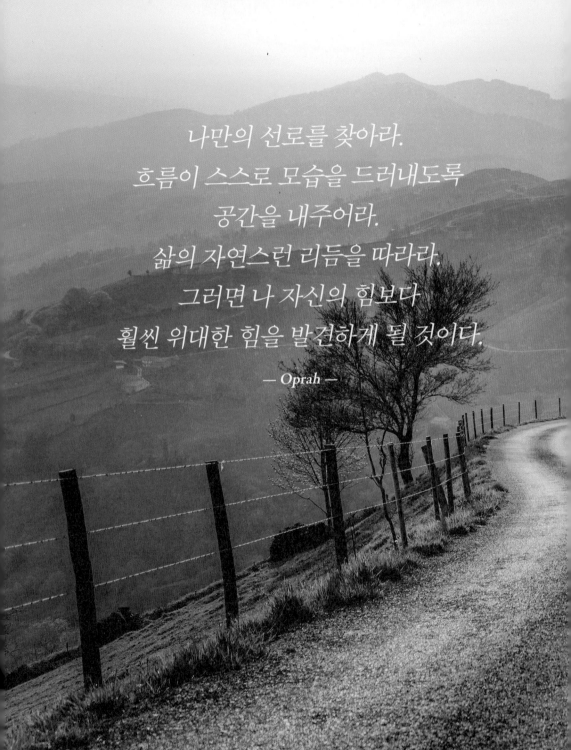

나만의 선로를 찾아라.
흐름이 스스로 모습을 드러내도록
공간을 내주어라.
삶의 자연스런 리듬을 따라라.
그러면 나 자신의 힘보다
훨씬 위대한 힘을 발견하게 될 것이다.

— *Oprah* —

길

THE ROAD

자신의 가장 고결하고 가장 진실된 모습대로 대담무쌍하게 살아온 사람이 있다면, 그는 바로 페미니즘 운동의 아이콘 글로리아 스타이넘(Gloria Steinem)일 겁니다. 그녀를 비롯해 그녀의 곁을 지키며 함께 성평등을 위해 싸운 수많은 이들의 배짱 좋은 절개가 없었더라면, 우리 여성들에게 허락되는 기회는 존재하지 않았을 거예요. 글로리아 스타이넘의 위력은 두말할 필요가 없죠.

마지막으로 대화를 나눴을 때, 글로리아는 자신이 어떻게 그토록 예리한 명료함으로 살아올 수 있었는지에 대해 현자적 고찰을 들려주었어요. 그녀는 "이동 중"이라 부르는 마음 상태로 계속 살아간다고 귀띔해주었답니다. 이런 사고방식은 그녀에게 배움에 대해 열린 자세를 유지시켜준다고 해요. 왜냐하면 여행은 "머리에서 빠져나와 가슴으로 들어가게" 만들어주고, 진리의 확장을 약속해주니까요. '이동 중' 철학은 정신적으로도 매 순간 올곧이 존재하게 해준다고도 했어요. "경계가 없고, 즉흥적이면서도 모든 것과 하나가 되는 느낌" 과 함께 말이죠.

그녀는 이를 비행 중인 새에 비유했습니다. 기류를 타고, 쉼 없이 앞으로 나아가는 동작에 집중하며, 항상 풍향을 확인하면서도 모든 가능성에 열려 있는 새요. 그녀는 내게 일러주었어요. "새들은 자신의 흐름을 찾아요. 마치 서퍼들이 자신의 파도를 잡듯이."

글로리아는 현재에 존재하고 순간의 운율에 맞춰 움직임으로써 역사의 경로를 재설정했죠. 나에게 '이동 중' 철학은 '흐름'이라는 단어의 정의 그 자체와 같아요. 삶과 완벽하게 줄 맞춰 있는 자신만의 조류를 먼저 확인한 뒤에 그것을 신뢰하는 것을 의미하죠. 운동선수나 예술가 혹은 음악가들이 그 '흐름'을 몰입으로 설명하는 것도 들어보셨을 거예요. 터널 비전, 완전한 고요, 초집중 같은 어휘들도 사용되죠. 혹자는 영적인 경험에 견주기도 해요. 시간이 느려지거나 완전히 사라지는 것 같은 의식 상태요.

우리는 살면서 한 번쯤은 이런 몰입 상태에 빠져본 적이 있습니다. 모든 것이 제자리로 맞아 떨어지는 것 같은 짜

CHAPTER SIX 길 | THE ROAD

릿한 구간 말이죠. 길은 또렷하고, 탁 트여 있고, 매끄럽게 뻗어 있어요. 그렇다면, 무엇 때문에 우리가 경로를 이탈하거나 갑자기 길 위의 온갖 걸림돌에 부딪히는 것처럼 느끼게 될까요?

농구의 전설 르브론 제임스(LeBron James)는 농구 역사상 가장 집중력이 좋은 선수 중 하나로 평가되죠. 그래서 나는 그에게 물었어요. 혹시 그와 같은 MVP는 어떻게 하면 코트에서 리듬을 깰 수 있는지를요. 그는 이렇게 답했습니다.

"나 자신을 위해 뛰는 게 아니라 다른 사람들을 위해 뛰기 시작하면 경기에서 멀어지게 돼요."

그래요! 이는 전 지구를 관통하는 진실이에요. 내 마음을 따르는 것이 아니라, 내가 짐작하는 남들의 생각에 반응하는 것으로 나의 의도를 전환하는 순간, 경로에서 빗나가게 됩니다. 그러면 갑자기 인생이 복잡하게 느껴지죠. 그 이유는 우리가 남에게 잘 보이려는 마음으로 노력을 변형시켰기 때문이에요. 나 자신을 위해 사는 것으로 돌아오고,

나의 흐름으로 돌아와야만 합니다. 이는 이기적인 게 아니에요. 떳떳한 일이랍니다.

글로리아 스타이넘처럼, 당신에게도 가장 고결하면서도 가장 진실된 당신의 모습을 추구할 수 있는 저력이 있습니다. 여기서 키워드는 '진실된'이에요. 단지 진실을 '말하는' 것 말고, 자신의 진실이 '되는' 거요. 어떻게 하면 나의 가장 진실한 버전을 형상화할 수 있을까요?

이번 장은 경로 설정 후 삶이 나를 견인하도록 허락하는 법에 초점이 맞춰져 있습니다. 목적으로 충만한 나만의 모멘텀을 만들어내는 건, 오로지 그다음의 올바른 선택에 집중할 수 있도록 매 순간 나 자신에게 공간을 허락할 때만 가능하단 걸 나는 깨달았어요. 어쩔 수 없는 훼방 요소들에도 불구하고, 그 정확한 기점만 찾아내면 나의 진실을 살아내는 일은 숨 막히는 강도로 진행될 겁니다. 그것이 흐름의 매력이지요.

— *Oprah*

현재의 흐름에서 도망치지 마세요

모두가 미래를 찾아요. 절대로 현재에 있질 않아요. 그래서 막상 미래가 도래하면, 그들은 그 미래에도 있지 않답니다. 현재에 존재하질 않으니까요. 만약 지금이 당신이 가진 순간이고 당신이 가질 수 있는 유일한 순간이란 걸 이해한다면, 당신은 현재를 살게 될 거고 흐름에 맞춰 움직이게 될 겁니다. 왜냐하면 이곳이 당신이 도착한 지점이니까요. 바로 지금 이 순간 말입니다.

디팩 초프라 | 심신통합의학을 창안한 의학 박사이자 《마음의 기적》 등을 쓴 작가

삶은 기차가 아니라 돛단배처럼 흘러갑니다

우리는 인생이 기차이길 바라는 것 같아요. 승차하고, 행선지를 고르고, 도착하면 하차하죠. 그런데 인생은 오히려 돛단배 같더라고요. 매일 풍향과 조류를 확인하고, 조력자가 동승해 있는지 확인해야 하죠. 날씨도 변하고 바람과 조류도 변해요. 한 마디로 기차여행이 아닌 거죠. 목적지만 중요한 게 아니에요. 아직 도착하지 않았다는 사실이 전부가 아니에요. 물론 언젠가 기차가 역에 정차하면 결국 도착은 하겠지만요. 아직 위대한 목적을 찾지 못했다는 이유로, 아직 위대한 목적지에 도착 못한 것을 핑계 삼아 현재의 삶을 지나쳐버린다면, 그건 인생의 낭비까진 아니더라도 하루의 낭비랍니다.

바버라 브라운 테일러 | 《어둠 속을 걷는 법》 《잃어버린 언어를 찾아서》의 작가, 성공회교 사제

사람들은 번번이 생각한다.
'언젠가 나의 길이 시작될 거야.'
그런데 지금 이 순간 무슨 일이 일어나고 있든
그것이 그 길이다.
당신은 이미 그 길에 올라서 있다.

메리앤 윌리엄슨

사는 게 피곤하다면
가짜로 살고 있기 때문입니다

T. D. 제이크스 지금껏 살아오면서 피곤한 사람들을 이토록 많이 본 적이 있나요? 모두 다 피곤해요. 서른 살 짜리도 피곤에 찌들어 있고, 스물다섯 살짜리도 아침에 침대에서 나오질 못하죠. 우리가 왜 피곤한지 아세요? 가장하고 있기 때문이에요. 가장하려면 엄청나게 많은 작업이 필요하죠. 진짜 내 자신이 될 수 있고, 내가 어울리는 곳을 찾을 수 있고, 편안한 장소에서 기능할 수 있다면 더 이상 애쓰는 것을 멈추게 돼요. 대결을 멈추게 돼요.

오프라 자신의 흐름을 찾는 거로군요.

T. D. 제이크스 바로 그겁니다. 일단 흐름에 들어서면, 삶이 뒤바뀌는 경험을 하게 될 거예요. 내가 닮고 싶은 사람들로 주변을 채우면, 나를 다음 차원으로 데려갈 겁니다. 왜냐하면 그들은 내가 벗어나고 있는 삶의 방식을 흉내내는 게 아니라 내가 진입하려는 삶의 방식의 본보기를 보여줄 테니까요. 창업이든, 경영이든, 부서 운영이든, 나와 같은 일을 하고 있는 사람들 혹은 긍정적인 사람들이 있는 환경 속에 스스로를 놓고 그들과 동행해야 해요. 당신의 조류를 타고 있거나 당신의 흐름 속에 있는 사람들과요. 무슨 말인지 아시겠어요? 아시겠나요?

T. D. 제이크스 | 대형교회 포터스하우스 설립자, 주교, 《운명》, 《담대한 믿음》 등을 썼다

시간 가는 줄 모르게 하는 일이 있나요?

오프라 글쓰기가 당신의 진실이죠. 그런가요?

숀다 라임스 물론이죠.

오프라 어떤 원리인지 말씀해주세요. 운동선수들이 무아지경에 대해 말하는 건 익히 들어봤는데요. 당신의 경우도 무아지경 같은 건가요?

숀다 라임스 난 허밍이라고 불러요. 머릿속에서 허밍 소리가 윙윙거리거든요. 한없이 쓸 수 있을 것처럼요. 마치

전전긍긍한 상태에서 날아갈 듯한 광희로 갈 수 있는 주파수 같아요. 한없는 희열만 있어요. 평생토록 글을 쓸 수 있을 것 같은 느낌이죠. 그러다 보면 시간감각을 잃어요. 그래서 비서가 들어와서 다섯 시간이 지났다고 알려줘야 하죠. 정말 끝내주는, 진정하고 진실한 행복이에요. 내 경우는 지극히 순수하죠.

오프라 정신적 수행이군요.

숀다 라임스 네, 맞아요.

숀다 라임스 | TV 시리즈 〈그레이 아나토미〉 기획자, 작가

흐름이란 완벽히 하나가 되는 거예요

흐름이란 음악과 하나가 되는 거예요. 음악 안의 어딘가를 찾아 몸을 집어넣게 되죠. 그러면서도 그루브를 저해하지 않아요. 스스로 악기가 되어 노래 안으로 삽입됩니다. 내 자신이 흐른이나 드럼, 베이스, 심벌즈와 다를 바가 없어요. 그저 부드럽게 흐를 뿐이에요. 난 이런 경험이 정말로 황홀해요.

제이-지 | 힙합 뮤지션, 자선활동가

흐름은 모든 걸 잊게 해요

아무도 안 볼 때 계속 연습하고 시도하세요. 편안해질 때까지요. 무대에 올라섰을 때 준비돼 있도록요. 그러면 문자 그대로 모든 걸 잊고 그저 그 순간에 있을 수 있어요. 그러고 나면 또 다른 걸 해보세요. 색다른 걸 해보세요. 매번 각양각색으로 해보세요.

저스틴 팀버레이크 | 싱어송라이터, 영화배우

명심하라, 지금 가장 중요한 건
밖에서 벌어지는 일이 아니다.
최우선은 지금 이 순간 당신의 의식 상태다.
그것이 미래의 형태를 결정한다.
그러니 당신에게 일어나는 일보다
그 일에 당신이 어떻게 반응하는지가
훨씬 더 중요하다는 걸 깨달아야 한다.
그것이 삶의 앞날을 결정한다.

에크하르트 톨레

아무리 먼 길이라도 만족과 동행하세요

이것만 알아두세요. 만약 내가 최선을 다하고 있다면, 내 모든 걸 바치고 있다면, 꿈을 좇아가고 있다면, 성장하고 있다면, 나의 시대가 올 거라는 걸 믿어야 해요. 그때까지는 자족감을 통해 신께 영광을 돌리는 겁니다. 자신의 위치에 만족하지 않으면, 가고자 하는 곳으로도 갈 수 없을 겁니다. 그러니 되돌아와 이렇게 말해야 해요. "내가 아직 거창한 휴가는 못 떠나지만, 난 지금 내 자리에서 소신을 지킬 테야. 올바른 선택을 할 테야. 재능을 개발할 테야. 그러면 신께서 문을 열어줄 거라 믿어." 그건 신에게 이런 말을 하는 것과 같아요. "그거 아세요? 나는 더 대단한 일을 하고 싶어요. 대출금도 다 갚고 싶고 사업도 시작하고 싶어요. 하지만 지금 당장은 내 처지에 불만을 갖지 않을 거예요."

조엘 오스틴 | 목사, 《긍정의 힘》《잘 되는 나》 등의 작가

삶이 나에게 좋은 걸 줄 거란 믿음이
길을 열어줍니다

오프라 성공적인 삶으로 가는 길을 열어줄 열쇠 같은 말을 하셨어요. "삶을 믿으라"고 하셨죠.

데이비드 스타인들-라스트 그게 모든 것의 기초입니다. 비록 보이진 않더라도, 삶이 나에게 좋은 걸 줄 거라 믿는 것. 믿음이 있으면 희망도 있습니다. '희망'이란 '바람'과는 달라요. 우리의 바람이란 우리가 상상할 수 있는 것들이죠. 하지만 영적인 의미에서 희망이란 우리가 상상도 못했던 것들이랍니다. 그걸 보고 경탄할 수 있는 개방성을 내포해요.

데이비드 스타인들-라스트 | 감사하는 마음에 관해 저술하고 강연하는 가톨릭 수사

산에 관한 재미있는 점 :
언제나 그 밑에서 보면
오르기 쉬워 보인다.

— *Oprah* —

CHAPTER SEVEN

등반

THE CLIMB

2012년, 나는 영광스럽게도 발레리 심슨(Valerie Simpson)을 인터뷰할 수 있었습니다. 그녀가 38년간의 반려자 닉 애쉬포드(Nick Ashford)를 떠나보낸 직후였습니다. 전설적인 작곡가 부부로 잘 알려진 그들은, 40년에 걸친 음악적 파트너십을 통해 모타운레이블 역대 최고의 히트곡들을 탄생시켰죠. 우리가 감동적인 대화를 나누는 동안, 그녀는 그들의 역작 가운데 하나인 〈Ain't No Mountain High Enough(오르지 못할 만큼 높은 산은 없다)〉의 진짜 비하인드 스토리를 들려주었습니다. 원한다면 한번 흥얼거려보세요.

아무리 높은 산도
아무리 깊은 골짜기도
아무리 넓은 강도
당신에게 가는 나를 막을 순 없어요

대중은 이 가사가 가장 깊은 헌신을 나타내는 영원한 사랑의 말이라고 생각합니다. 하지만 이야기를 나누던 중에 그녀는 알려주었어요. 남편이 처음 작사를 했을 때는, 언젠가 반드시 작곡을 직업적으로 할 수 있는 날이 오길 바라는 최종 목표를 노래한 거였다고요.

당시 그는 뉴욕 시에 살고 있는 무명 음악인으로, 발탁만을 꿈꾸고 있었대요. 그런데 어느 날 머리 위로 솟아 있는 고층 건물들을 올려다보며 "오르지 못할 만큼 높은 산은 없다"는 가사를 생각해냈다고 합니다. 그 무엇도 자신의 꿈을 단념시킬 수 없다는 굳은 신념을 보여주기 위해서요.

그 어떤 바람도, 비도
한겨울의 추위도
나를 멈출 순 없어요
당신이 나의 목표니까요

그리고 그가 옳았습니다. 〈Ain't No Mountain High Enough〉는 그래미 명예의 전당에 헌액됐으니까요. 산은 인생의 탁월한 비유입니다. 멀리서 보면 선명하고 완만한 오르막처럼 보이지만, 막상 정상을 향해 등반을 시작하면 예상치 못한 골짜기와 위태로운 언덕을 맞닥뜨리게 되니까요. 마음속 나침반이 '무조건 등반'에 맞춰 있지 않으면, 발을 헛디딜 때마다 되돌아갈 구실로 삼게 될 겁니다.

그동안 나 자신도 거칠고 가파른 길을 여러 번 올랐습니다. 앞서 2013년에 하버드에서 연설 요청을 받았을 때 어떤 두려움과 맞서야 했는지 말씀드렸죠. 아마도 내 이력에 대한 일반적인 인식을 고려할 때, 내가 느낀 그 공포감이 의외일지도 모릅니다. 나는 25년 동안이나 1위 토크쇼의 진행자였으니까요. 어떤 척도로 보나 정상에 선 인물이었죠. 하지만 당시 하버드 총장 드루 파우스트가 전화를 걸어와 일생일대의 제안을 했을 때, 공교롭게도 나는 인생에서 가장 혹독한 등반의 한가운데 있었습니다. 심지어 이런 새로운 분투를 '나의 킬리만자로'라고 부르기 시작했었죠. 특히 이 경우는 오르면 오를수록 산세가 더 험해지는 것 같았어요.

당시 나는 뉴스 말마다나 "휘청거리는" OWN 때문에 언론에 엉덩이를 걷어차이는 것 같던 때거든요. OWN의

실적을 두고 논평가들이 사방에서 꾸짖는 것 같았어요. 제일 무자비한 헤드라인 중 하나는 이거였어요. "OWN(자기 것)을 지탱하지 못하는 오프라 윈프리." 한 방 먹은 것 같았죠. 오랫동안 최정상을 지켜왔고 기세등등한 비즈니스 우먼으로 명성을 떨친 자랑스러운 나였습니다. 그러나 이젠 내가 내리는 모든 결정이 결국 심야 뉴스의 하단 자막을 장식하는 기분이었어요. 그러니 하버드의 부탁을 받았을 때, 머릿속에는 '나도 성공가도가 꺾인 판에 내가 성공에 대해 뭘 가르칠 수 있겠어'라는 생각뿐이었습니다. 그리고 솔직히 말해서, 창피했죠.

언젠가, 샤워를 하며 어떻게 해야 할지 골똘히 생각에 잠겨 있었어요. 최고의 결정은 종종 샤워 중에 나온다는 말이 미신이 아니에요. 그 따뜻한 물줄기와 방해의 부재 상태에는 생각을 명쾌하게 해주는 뭔가가 분명히 있어요. 정말로 나는 흘러내리는 물줄기 속에서 산의 비유를 떠올렸답니다. 그러고는 즉시, OWN이라는 나만의 케이블 네트워크를 구축하는 경험을 '특권' 말고는

그 어떤 말로도 부르지 않기로 결심했습니다. 내 자신에게 말했어요. 아니 진짜로 누가 이런 일을 할 수 있겠어? 이건 일생일대의 영광이지. 생각해보면, 전 세계의 많은 이들이 실로 킬리만자로 등반을 꿈꾸잖아요.

오래된 찬가의 한 구절이 머릿속에서 연주되기 시작했어요. 골칫거리는 영원히 지속되지 않는다. 샤워를 마치고 나와서는 되뇌었죠. 이 또한 지나가리라. 나는 이로 인해 더 나은 사람이 되리라.

조엘 오스틴 목사의 가르침 중 제가 가장 좋아하는 건 이거예요. "'나는' 다음에 이어지는 말을 우리는 삶으로 초대하는 것이다." 무슨 말이냐면, "나는 기운이 없어" "나는 짓눌려 있어" 같은 말을 뱉을 때, 우린 정확히 그에 해당하는 에너지를 삶으로 끌어들인다는 겁니다. "나는 고생스럽다"에서 "나는 영광스럽다"로 관점을 바꾼 그 순간, 나의 등반은 더 이상 고난의 행군이 아니라 여전히 난도는 높지만 그래도 고무적인 모험으로 바뀌었습니다. 내 모든 전망

또한 달라졌죠.

그때 이후로는 혼란을 마주할 때마다, 그것이 날 뒤흔들도록 놔두지 않고 나 자신에게 가장 의미 있고 생산적인 질문을 던집니다. 이건 내게 무얼 가르쳐주기 위해 있는 걸까?

현재 OWN은 계속 진화하고 있습니다. 매일 가르침의 순간이 생겨나죠. 그 여정의 한 걸음 한 걸음을 감사한 마음으로 돌이켜본답니다.

이번 장에서 당신이 얻어갔으면 하는 통찰은, 내가 조금이라도 의미 있는 추구를 앞둔 남아프리카 소녀들에게 전하려 하는 지혜와 상통합니다. "어딜 가나 차질은 있을 거야. 그렇다 해도 잠시 돌아가는 것뿐이지 길이 끝나는 건 아니란다. 실패를 딛고 일어설 준비가 되어 있어야 해."

요는, 그들에게 일어나는 모든 일이 실은 그들이 예정된 사람으로 성장하도록 돕는 수단이란 거예요. 그 어떤 일도 이유 없이 제멋대로 일어나진 않아요. 그렇기 때문에 자신의 의지가 시험에 들 때, 모든 게 길을 잃은 것 같을 때, 나

는 조언합니다. 멈추고, 고요 속에서 귀를 기울이라고요. 그러면 가슴이 올바른 다음 단계를 알려줄 거라고요. 그걸 알아내면, 주위를 돌아본 뒤 스스로에게 물어보라고 해요. "이 공백 속에 누가 나와 함께 서 있는가?" 왜냐하면 내가 오래전에 깨달은 건데, 삶이 나에게 친절할 때, 내가 잘못될 일이 없을 것 같을 때, 나와 함께 리무진에 동승할 사람들은 항시 있게 마련이거든요. 하지만 우리가 진정 원하는 사람들은, 리무진이 고장 났을 때 나와 함께 버스를 타줄 사람들이에요. 당신만의 산을 오를 때, 산이 아무리 험준해도 닉 애쉬포드의 노랫말을 기억하세요.

> 당신이 어디에 있든 내가 필요하다면
> 그게 아무리 멀어도 걱정 마세요
> 내 이름을 불러봐요 서둘러 갈게요
> 걱정할 필요 없어요
> 왜냐하면 오르지 못할 만큼
> 높은 산은 없으니까요

당신의 킬리만자로가 기다리고 있습니다.

— *Oprah*

퇴보가 있어야 전진도 할 수 있어요

에크하르트 톨레 도전을 맞이하는 건 좋은 일이에요. 도전의 성격을 한번 들여다볼까요. 우선 인생만 봐도 우리가 가고 싶은 곳, 되고 싶은 것, 얻고 싶은 것을 가로막는 장애물은 끊이지 않고 생겨요. 어려운 상황 또는 어려운 사람의 형태로요. 어떤 이들은 이런 삶의 도전에 처하는 것에 격분하죠. 그들은 도전이 없어야 한다고 생각해요. 하지만 웬만큼 살았으면 언젠가 깨닫죠. 이 세상이 나를 행복하게만 해주기 위해 굴러가는 게 아니란 걸요. 그럴 수가 없어요.

오프라 인간의 진화도 마찬가지예요. 일직선이 아니라 2보 전진하고 1보 후퇴하는 식이고, 그러니 더 멀리 후퇴할수록 더 멀리 약진해야 하는 거죠. 그렇죠?

에크하르트 톨레 맞아요. 우리는 의식의 측면에서 분명 진화해왔어요. 하지만 직선으로 치솟는 형태가 아니라 퇴보하고, 다시 전진하죠. 그러고 또 퇴보하고, 약간 더 전진하는 거고요. 이게 돌고 도는 거예요. 우리에겐 그런 위기들이 필요해요. 진실에는 두 가지 층위가 있답니다. 하나는 당장의 광기를 보는 것, 다른 하나는 더 높은 관점에서 지금 일어나는 일들이 우리 진화의 일부라는 걸 보는 거예요.

오프라 부러져야만 또 다른 무언가가 뚫고 나오는 거죠.

에크하르트 톨레 네, 맞습니다.

에크하르트 톨레 | 틱 낫 한, 달라이 라마와 함께 21세기를 대표하는 영성 지도자

어머니는 말씀하셨다.
역경이 닥치면 그 순간을 영원에 비춰보라고,
신이 보실 방식으로 바라보라고.
그건 우리가 어떤 방법으로도 영향을 미칠 수 없는
과거나 미래가 아니라 현재를 보는 것이다.
겸손과 인정, 사랑이 있다면
우리는 현재의 순간을 볼 수 있다.
현재가 좋든 나쁘든, 고난이든 승리든 말이다.
뭔가를 인정하지 않고는 사랑할 수도 없다.

스티븐 콜베어

넘어져도 다시 일어나 길을 가세요

트레일러 차가 옆에서 들이받아 아내와 딸이 목숨을 잃고 두 아들이 중상을 입었을 때였습니다. 병원에서 나오는데 어머니가 내 손을 꼭 잡으며 말씀하시더군요. "아들아, 아무리 끔찍한 일이라도 그 안에서 뭔가 좋은 일이 생겨날 거란다. 열심히 찾으려 노력한다면 말이다."

한때는 잔인한 말이라고 생각했지만, 그게 어머니의 시선이었어요. 그저 일어나라고 가르치셨어요. 넘어져 쓰러지면 그저 일어나서 앞으로 나아가라고요. 생각해보면, 너무도 많은 이들이 내가 받았던 그런 도움 없이도 매일 그렇게 하고 있습니다. 지금 이 순간에도 누군가는 훨씬 힘든 일을 겪고 있을 거예요. 뒤에서 받쳐줄 사람도 없는 채로요. 그러고도 그들은 일어나 나아갑니다. 이는 내게 사람에 대한 벅찬 확신을 심어준답니다. 고통을 흡수하는 능력 그리고 우리가 잃어버린 이들이 여전히 우리의 일부라는 걸 아는 데서 오는 영적인 안심이요.

조 바이든 | 2009~2017년 미국 부통령, 2020년 미국 대선 후보

우리는 고통을 통해 확장됩니다

리처드 로어 성공적인 결혼생활을 위해서는, 내가 진정한 내 모습으로 성장하길 바라는 상대가 필요합니다. 그런 상대가 없어 결혼하고 더 작아지는 사람들을 꽤 봤어요. 하지만 사랑은 확장해야 합니다. 언제나 확장해야 하죠. 우리에게는 저마다 나름의 구원 프로젝트가 있는 듯해요. 어떻게 하면 멋있어지고 아름다워지고 존경받을 수 있을까? 하는 프로젝트요. 그래서 매번 지금 상태가 엎어져서 다시 설계를 해야 하면 원망하죠. "젠장, 내 삶의 근간이 그 구원 프로젝트였는데 이제 다 끝났군. 멋진 외모를 갖는 것, 혹은 사제가 되는 것, 혹은 결혼을 하는 게 내 삶의 밑바탕이었는데 이제 망했어. 끝났어."

오프라 맞아요. 이혼을 겪을 때도 그렇지 않나요? 처음에는 내 생애 최악의 일이라고 생각하죠. 그러다가 그 일이 끝나고 나면, 더 큰 자유로움을 느끼고 진정한 자아와 더 가까워지죠.

리처드 로어 그렇습니다. 거기까지 가는 데 5년이 걸릴 수도 있죠. 하지만 어느 날 잠에서 깨어 이렇게 말합니다. "세상에, 이게 훨씬 좋은데?"

오프라 실직을 했을 때도 마찬가지죠.

리처드 로어 맞습니다. 명예의 실추나 금전적 손실도 그렇고요. 아시잖아요, 그 모든 비극들을. 그것이 자아가 확장하는 방식이에요. 이게 진실이랍니다. 이게 고통을 소화하는 방식이에요. 고통을 변모시키지 않으면 우리는 그 고통을 반드시 가족에게, 이웃에게, 심지어 국가에게 전가하게 될 겁니다.

리처드 로어 | 신부, 초교파적 스승, 《내 안에 접힌 날개》 등을 썼다

결혼생활의 문제도
창조의 관점에서 바라보세요

우리 부부는 언제나 결혼을 창의적인 행위로 이야기해요. 이 세상에 뭔가 새로운 걸 창조해내는 일인 거죠. 하지만 많은 사람들에게 결혼은 무겁게 다가옵니다. 그래서 이렇게 되죠. "음, 그냥 헤어지지 않기 위해 노력하자." 결혼이 의무이자 임무인 겁니다. "우리가 인생에서 뭔가를 함께 만들게 되는구나"가 아니라 말이죠.

아내 크리스틴과 나는 우리가 이제 함께 모험을 떠나고, 뭔가 새로운 걸 만들게 됐단 걸 알아요. 그래서 모든 문제가 "세상에, 해결할 수 있을까?"로 다가오는 게 아니라 "흠, 오늘은 뭐가 나타났나 보자. 이게 어떤 결과를 낳을지 궁금하네. 이걸 통해 우리가 뭘 배울지 궁금하군"이 되는 거예요. 내 삶과 배우자의 삶을 묶어서 바라보는 관점의 변화인 거죠. 결혼은 하나의 모험이고 그 속에서 우리는 따로 또 같이 삶을 창조하게 됩니다.

롭 벨 | 작가, 팟캐스트 진행자, 2011년 〈타임〉 선정 세계에서 가장 영향력 있는 인물 100인

어차피 피할 수 없는 고통과
사이좋게 지내세요

앨라니스 모리셋 유명해지면 모든 게 해소되고 치유되고 나을 줄 알았어요.

오프라 내가 유명해지면…… 이라고 믿었던 거죠.

앨라니스 모리셋 덜 외로워질 줄 알았죠. 더 사랑받고 이해받을 줄 알았고요. 그 사랑이 부서진 부분들을 낫게 해줄 줄 알았어요.

오프라 이런 생각들도 매한가지죠. "내가 날씬해지면" "내가 부자가 되면" "내가 짝을 만나면."

앨라니스 모리셋 맞아요. 내가 취업만 하면. 내가 아이만 낳으면. 내가 은퇴만 하면.

오프라 그럼 행복해질 텐데. 괜찮아질 텐데. 다 같은 거예요.

앨라니스 모리셋 멀쩡해질 텐데. 맞아요. 마치 우리 인간이 고통을 면할 수 있을 것처럼 말이죠. 내가 깨달은 커다란 교훈은 이거에요. 내가 만약 고통과 편안하게 지낼 수 있다면, 괴로움이 아닌 하나의 증상으로서의 고통과 편안해질 수 있다면, 그러면 내 경우 아마도 고통이 매일 있을 테니 항상 나중을 살아갈 필요가 없어진단 뜻이에요. '언젠가 내가 행복해지면' 이 아니라 엄청난 평화로움이 있는 거죠.

앨라니스 모리셋 | 그래미 7관왕 가수, 사회운동가

그게 나의 길이 아니었다면
지우고 다시 써도 괜찮아요

오래전 일을 우리는 얼마나 오래 붙잡고 있을까요? 이 일을 할 뻔했는데. 이 학교에 들어갈 뻔했는데. 이 사람과 결혼할 뻔했는데. 더 이상 무의미한데도 말이죠. 나는 과거의 내 자신에게 편지를 쓴 적이 있어요. 어린 내게 말했죠. "가끔은 네 이야기를 지우고 다시 써도 괜찮아." 실은 괜찮을 뿐만 아니라 꼭 필요해요. 가끔 우리는 상황을 똑바로 들여다봐야 해요. 그게 기쁨을 주지 않는다 해도요. 간혹 이렇게 말할 필요도 있어요. "그거 아니? 나는 나의 기쁨을 내주지 않을 거야. 나는 더 이상 이렇게 되지 않을 거야. 그 이야기는 더 이상 진실이 아냐. 난 다른 것이 될 거야. 다른 방식으로 할 거야."

셰릴 스트레이드 | 대표작 《와일드》 외에 《안녕, 누구나의 인생》 등을 썼다

130

나를 붙잡는 삶에서 벗어나
나를 부르는 삶을 사세요

오프라 바뀌려고 할 때마다, 꼭 그런 사람들이 있어요. 나의 이전 모습을 더 좋아하는 사람들이요. 그래서 많은 이들이 이대로의 삶과 나를 부르는 삶 사이에서 갈등하죠.

트레이시 잭슨 우리는 사람들과의 관계에서 언어를 생성하고 행동 패턴을 생성해요. 예를 들면 나는 말썽꾼, 당신은 정상. 나는 제정신, 당신은 조금 또라이. 난 만날 우울한 놈. 그게 뭐든지 간에요. 하지만 내가 그걸 바꾸면, 내 삶에서 차지하는 그들의 역할에도 갑자기 의문이 제기돼요. 그러면 그들도 자신의 행동에 의문을 제기하기 시작하는 거죠.

트레이시 잭슨 | 영화 〈쇼퍼홀릭〉 등의 시나리오 작가, 영화감독

완벽하게 해야만 하는 건 아니다.
얼굴 내밀고 이렇게 말하면서 살아도 된다.
"네, 이건 어렵네요. 도움이 필요해요.
고차원적 힘이 필요해요.
당신이 필요해요."

글레넌 도일

모든 일에 평생의 시간을 허락하세요

내가 가장 오랜 시간을 들여 깨달은 교훈은, 내가 나 자신에게 절대적인 연민을 베풀어야 한다는 점이에요. 왜냐하면 난 내 자신에게 지나치게 엄격했거든요. 그걸 아는 게 가능하기도 전에 내가 모든 걸 알아야 한다고 생각했어요. 그런데 진실은, 우리가 하는 모든 일은 우리가 평생 이뤄야 할 필생의 과업이에요.

내 필생의 과업은 더 잘 사랑하는 법을 배우는 겁니다. 내 필생의 과업은 어두운 곳에 빛을 드리우는 법을 배우는 거예요.

트레이시 맥밀런 | 《당신이 아직 결혼하지 않은 이유》의 작가, 시나리오 작가

나이 드는 것도 특권이에요

나이 든다는 생각은 무섭고, 겁나고, 썩 즐겁지가 않아요. 그런데 최근 이렇게 생각을 바꿨답니다. '나에겐 나이 들 수 있는 특권이 있다.' 난 정말 이 말이 마음에 들어요. 안 그러면 부정적인 방향으로 파생되기 쉬우니까요. 이건 안 그래요. "우린 운이 좋은 거 아냐?" 이곳에 있다는 게, 나이 들어갈 수 있다는 게요. 나는 인생을 행복하게 살 때, 혹은 의미 있는 일을 할 때, 그리고 뿌듯하게 삶에 기여할 때, 나이 들어가는 내 자신을 보기가 훨씬 수월한 것 같아요.

신디 크로포드 | 모델, 배우

끝없는 등반이 겸손을 선물합니다

산꼭대기를 정복했다는 생각이 들 때, 우리는 사실 또 다른 산에 도착했을 뿐입니다. 다시 처음부터 올라가야 할 산이죠. 그 과정에서 디디는 발걸음 하나하나가 삶이 주는 겸손이라는 교훈이에요. 그건 우리에게 총알을 주죠. 계속 앞으로 나아가고 다음 날에 대해 설렘을 갖게 해줄 총알이요.

존 본 조비 | 싱어송라이터, 자선사업가

삶에 어떤 에너지를 끌어들여야 할까요?

"나는" 뒤에 이어지는 말은 우리가 우리 삶으로 초대하는 것들이에요. "나는 방전됐어." "나는 좌절했어." "나는 외로워." 이런 말들 많이 하죠? 그럼 그것들을 더 많이 끌어들인 셈이에요. 그러니까 원칙은, 이를 역으로 이용해서 내가 삶에서 바라는 것들을 초대하자는 거죠. 그게 균형이 맞아요. 현실을 부인하라는 뜻이 아닙니다. 그저 부정적인 면을 부각시키진 말자는 거죠. 오히려 이렇게 말해보세요.

"나는 걸작이야. 나는 굉장히 멋지게 만들어졌어. 나는 강해. 나는 재능이 많아." 이건 신이 우리 모두에게 수여해준 것의 진수에 접근하는 말인 것 같아요. 신은 우리에게 도구를 주었어요. 신은 우리에게 힘을 주었어요. 우리는 운명을 완수하는 데 필요한 걸 갖고 있어요. 하지만 그걸 밖으로 끄집어내야 하죠. 그런데 나 자신에 대항하면서는 그것을 끄집어낼 수 없어요.

조엘 오스틴 | 목사, 《긍정의 힘》 《잘 되는 나》 등의 작가

내 삶의 목표는
더 위대한 선을 받드는 것이다.
그 진정한 부름이 날 어디로 데려가든
난 언제나 흔쾌히 따라갈 것이다.

— *Oprah* —

CHAPTER EIGHT

———

나눔

THE GIVE

나의 영적 대모, 위대한 마야 안젤루(Maya Angelou)는 내 궁극적 스승이었습니다. 오로지 그녀만이 나를 단번에 일곱 살배기 오프라로 돌려놓는 재주가 있었죠. 볼 때마다 반겨주는 이런 인사법으로 말이죠. "우리 이쁜이, 안녕." 그녀는 매 대화를 이렇게 시작했어요. 그리고 그녀가 보내는 이메일은 항상 사랑스러운 분위기로 시작했어요. "사랑하는 '오'에게"

훗날 그녀의 유명한 어록이 됐지만, 처음으로 내게 이 말을 해주었던 때를 잊지 못할 거예요. "사람들은 네가 한 말이나 행동은 기억 못해도, 네가 그들에게 어떤 기분을 느끼게 했는지는 언제나 기억할 거야."

이 말이 아주 명백하게 일깨워주는 건, 한 순간 한 순간이 타인을 섬길 수 있는 기회라는 점이에요. 이번 장을 통해 당신이 마음에 담아갔으면 하는 교훈도 이겁니다. 단지 봉사활동이나 자선활동을 뜻하는 게 아니에요. 물론 그 역시 우리를 더 견고하게 만들어주는 가치 있고 멋진 활동이죠. 하지만 지금

말하는 건, 결정 하나하나를 한결같으며 진심과 자비로 가득한 삶의 태도에 바치자는 거예요.

마야는 말하곤 했죠. "우리는 서로 다른 점보다 닮은 점이 많다." 만약 두 사람의 관점이 대립하더라도, 서로 도움이 되고자 하는 입장에서 영향을 주고받는다면 어떻게 될지 상상해보세요. 당신이 날마다 퍼붓는 부정적인 말이나 독설의 홍수에 빠져 있다면, 말도 안 되는 소리라고 생각할 겁니다. 그렇지만 우리는 우리가 인지하는 것보다 다시 결합할 수 있는 가능성이 훨씬 더 크다고 난 믿어요.

지난 2018년 골든글러브 시상식에서 평생공로상을 수상했을 때, 내 수상소감이 약간의 파장을 몰고 왔죠. 대선 출마설을 촉발시키려는 의도는 아니었어요. 하지만 내 연설이 왜 그토록 많은 이들에게 반향을 일으켰을지는 알 것 같아요.

그동안 각계각층 인사와의 대화를 통해, 도처에서 변화의 물결을 느꼈습니다. 지금과는 다른 세상에 대한 공통된

갈망이었죠. 분열을 봉합하고, 우리와 다른 관점을 지닌 이들을 향한 모진 공격에 종지부를 찍고, 인류애를 고취하는 데 집중하려는 열망이 우리 모두의 내면에서 솟아오르고 있었어요.

내가 연설을 통해 피력하고자 했던 건, 모든 인간은 가치 있으며 목소리를 갖고 있다는 점이었습니다. 그리고 이 두 가지를 입증하고 기리는 것이 이 땅에서의 내 목표라고 생각합니다.

골든글로브 연설에 뒤따른 엄청난 반응은, 우리들 수백만 명이 세상의 선하고, 옳고, 정의로운 것을 찾아 나서고 지지할 준비가 돼 있다는 직접적인 증거였어요.

하루는 마야가 말했습니다. 내 존재로 인해 삶에 영향을 받은 모든 사람이 곧 나의 유산이 될 거라고. 이건 우리 모두에게 해당되는 말인 것 같아요. 기본적으로 인생은 에너지의 교환으로 측정할 수 있습니다. 긍정적 에너지와 부정적 에너지 중에서, 당신이 이 세상에 불어넣기로 선택한 에너지는 어느 쪽입니까? 긍정적인 교환은 곱절로 커집니

다. 어떤 수준의 나눔이든, 나누는 것이 그토록 기분 좋은 이유죠. 선을 위한 실질적인 힘을 창조하는 거니까요.

대부분의 사람들은 그들의 유산을 평가할 수 있을 때까지 기다려요. 인생의 2막 혹은 3막이 돼서 여유롭게 앉아 반추해볼 시간이 있을 때까지요. 그런데 혹시 지금 당장, 내가 여전히 성취해야 한다고 생각하는 것들에 입각해서가 아니라 내가 기억되길 바라는 방식에 입각해 결정을 설계하기 시작한다면 어떨까요? 지금 난 거실 흔들의자에 앉아 자기 행동의 성격을 평가할 수 있을 때까지 기다리지 말라고 제안하는 거예요. 오늘, 그 복잡하고 까다롭고 혼란스러운 삶의 한가운데서 스스로에게 물어보세요. 나는 무엇을 유산으로 남기고 싶은가? 그러고는 그 의도에서부터 삶을 시작하세요. 마야는 내게 늘 말했어요. 알면, 가르치라고. 얻으면, 나누라고.

— *Oprah*

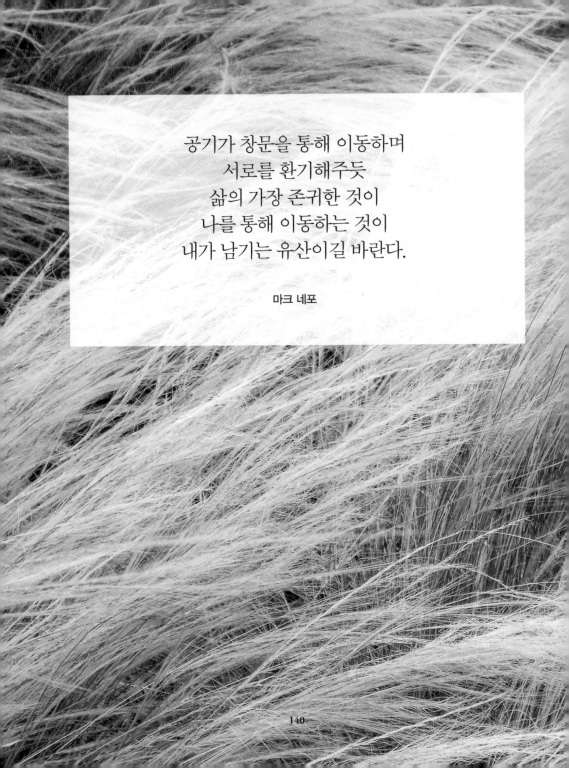

공기가 창문을 통해 이동하며
서로를 환기해주듯
삶의 가장 존귀한 것이
나를 통해 이동하는 것이
내가 남기는 유산이길 바란다.

마크 네포

누군가에게 날아오는 돌을 잡아주세요

우리는 수입이나 인맥 등 다양한 계산법으로 인생의 점수를 매깁니다. 그런데 우리의 점수를 판단할 수 있는 또 다른 측정법이 있답니다. 바로 얼마나 많은 돌을 잡는지로요. 다시 말해, 도움이 필요한 사람들에게 도움을 줄 수 있는 자리에 얼마나 자주 스스로를 두는지로요. 사람들이 서로에게 부당하게 던지는 돌을 잡아주는 건 강력하고 획기적인 구원적 행위입니다. 우리 대부분은 문제로부터 도망치지요. 하지만 가끔은 문제를 향해 돌진해야 합니다.

브라이언 스티븐슨 | 변호사, 사회운동가, 《월터가 나에게 가르쳐 준 것》의 작가

힘이 있을수록 경청의 선물을 나누세요

만약 당신이 주위 사람들보다 더 힘 있는 위치에 있다면, 말하는 것만큼 들으세요. 그리고 만약 당신이 힘이 덜 있다면, 듣는 것만큼 말하세요.

글로리아 스타이넘 | 여성운동가, 정치활동가, 작가, 언론인

깊고 연민 어린 경청은
변화와 치유를 낳습니다

깊은 경청은 상대의 고통을 덜어줄 수 있는 경청입니다. 연민 어린 경청이라 부를 수도 있어요. 이러한 경청의 목표는 단 하나랍니다. 상대가 가슴을 비울 수 있도록 돕는 거죠. 당신은 상대가 고통을 덜 수 있도록 돕고 있다는 걸 기억해야 합니다. 비록 그가 그릇된 인식으로 가득한, 응어리로 가득 찬 말을 한다 해도 당신은 여전히 연민을 갖고 경청할 수 있습니다. 만약 그의 인식을 수정하도록 돕고 싶다면, 다음을 기약하세요. 그 다음이 되면, 또 그저 연민을 갖고 들어주고 상대가 덜 고통받을 수 있게끔 도와주세요. 그렇게 한 시간이면, 변화와 치유를 꾀할 수 있습니다.

틱 낫 한 | 시인, 영성 지도자, 《화》《붓다처럼》 등 수많은 책을 썼다

다음 세대를 위해 우리는
나누지 않을 수 없어요

인종차별 철폐를 위한 자유승차운동
(Freedom Rides)을 하고 연좌농성을 할
때, 미시시피에서 민권운동을 펼치고
셀마에서 활동할 때, 나는 단 한 번도
굴복을 생각하거나 감당 못하겠다고
생각한 적이 없습니다. 그만두겠다고
생각한 적도 없습니다. 이렇게 말하게
돼요. "끝이 어떻게 될지, 갈 데까지
가봐야 해." 그렇게 해야만 해요. 밖으
로 나가 밀고 당기기를 해야 합니다.

미래에 태어날 다음 세대가 더 나은
세상에서 살 수 있도록 말이에요. 우
리 각자에게는 저항할 수 있는 능력,
숨죽이고 있지 않을 능력이 있어요.
우리는 용감해야 해요. 대담해야 해
요. 그리고 가끔은 다음 세대를 위해
지난한 전쟁을 치르고 또 치러야 해
요. 당신 역시 기여할 수 있답니다. 그
리고 그래야만 해요.

존 루이스 | 흑인 투표권 쟁취 시위를 이끈 민권운동가, 미 하원의원

먼저 나선 소수가 진화를 이룹니다

오프라 역사는 다수가 만드는 게 아니다. 이 말을 이해하는 게 정말 중요할 것 같습니다. 우린 방향을 바꾸려 할 때 다수가 합의할 때까지 기다리잖아요. 그런데 그게 아니라는 거죠?

메리앤 윌리엄슨 다수의 사람들이 어느 날 불현듯 일어나 "노예를 해방시키자"라고 한 게 아니에요. 다수의 사람들이 어느 날 불현듯 "여성에게 투표권을 줍시다"라고 한 게 아니고요. 대개 당시에는 터무니없게 느껴질 만큼 급진적인 소수가 더 바람직한 생각을 갖고 있었기 때문에 가능했던 거죠. 진화는 그렇게 이루어집니다.

메리앤 윌리엄슨 | 평화단체 피스 얼라이언스 공동설립자, 오프라의 '영성 고문'

우리는 모두 분리할 수 없는 하나입니다

우리에게는 몸이 있고, 마음이 있고, 또한 영혼의 의식이 있어요. 영혼의 의식과 접촉하면 다른 사람에게도 영혼이 있다는 사실을 알게 되고 그것과 소통하게 됩니다. 그리고 깨닫게 되죠. 우리 모두가 '신성한 의식'이라 불리는 더욱 신성한 영역의 일부라는 걸요. 더 깊이 들어가면 '통합의식'이라 불리는 것까지 도달할 수도 있습니다. 이 단계에서는 우리 모두가 분리할 수 없는 하나라는 걸 깨치게 되죠. 그 어떠한 분리도 철저히 인위적인 것이랍니다.

디팩 초프라 | 심신통합의학을 창안한 의학 박사이자 《마음의 기적》 등을 쓴 작가

나를 둘러싼 세상이 곧 나예요

찰스 아이젠스타인 우리는 진짜가 아닌 공동체에서 살아가요. 주변을 모르거든요. 낯선 사람들에게 둘러싸여 있죠. 그래서 외로움을 느껴요. 세상 속에서 우리의 존재감은 우리의 관계에 달려 있습니다. 진짜로 날 아는 사람들과의 관계를 말하는 거예요. 이웃을 모를 때, 자연과 친하게 지내지 않을 때, 우리는 혼자라고 느낍니다. 내가 누구인지조차 모르게 됩니다. 이렇게 분리된 자아로 쪼그라들 때 정체성에 결함이 생깁니다.

오프라 '고통' 대신 또 사용하신 단어가 '분리'네요. 단절된 느낌이요. 우리는 언제나 사람들과 대화할 수 있는 곳에 살고 있으면서도, 공동체로부터의 단절감이 조금씩은 있잖아요. 그 말씀인 거죠? 이런 말씀도 하셨어요. "어떤 면에서는 우리도 지각이 있다. 하지만 이러한 지식은 명백하게 설명되질 않는다. 그래서 대신 우리는 몰래 또는 공공연한 반항을 통해 그것을 간접적으로 표출한다." 나는 이 말이 정말 흥미로웠어요. "중독, 자기

태만, 늑장 부리기, 게으름, 분개, 만성 피로, 우울감. 이 모든 것이 우리에게 부여된 삶이라는 프로그램에 전적으로 참여하지 않으려고 스스로를 억누르는 방식이다." 정확한 분석이시네요.

찰스 아이젠스타인 나는 모든 것의 거울이에요. 나는 내가 맺고 있는 관계의 총체예요. 그러니까 누군가에게 혹은 무엇에게 어떤 일이 일어나든, 어떤 측면에서는 나에게 일어나는 일이죠. 내가 엮여 있는 어떤 까다로운 관계도 나 자신 속의 뭔가를 반영하는 거예요. 세상에 내가 행하는 모든 일이 어떻게든 내게 돌아온다는 뜻이기도 합니다. 우리 외부의 세상은 그저 이것저것의 집합이 아니에요. 오히려 그 자체로 거울이랍니다. 나에게 일어나고 있는 거예요. 이 세상에서 벌어지고 있는 모든 일이 우리에게 벌어지고 있습니다. 믿든 안 믿든 상관없이 우린 그걸 느낄 수 있어요. 그래서 그토록 아픈 거죠. 그런데 우리는 그 이유조차 몰라요.

찰스 아이젠스타인 | 반체제 통합 사상가, 《신성한 경제학의 시대》의 작가

감사와 나눔에서 진정한 번영이 꽃 핍니다

린 트위스트 굳이 필요하지도 않은 것을 얻으려고 애쓰는 걸 그만두면, 엄청난 에너지가 해방된답니다. 없는 걸 좇느라 매몰돼 있던 에너지를 이미 가진 것에 집중할 수 있게 돼요. 내가 진짜로 갖고 있는 것에 주의를 모으고, 자양분을 공급하고, 애정을 품고, 나눈다면, 그것은 확장돼요. 우리가 생각하는 것과는 정반대죠. 이 사실을 알게 되면 우리는 더, 더, 더 가지려고만 하는 추구로부터 자유로워집니다. 내가 감사하게 여기는 것은 결국 나의 감사를 느끼게 된답니다.

오프라 트위터에 올릴 만한 멋진 가르침이네요. 사실 보편적인 법칙이죠. 내가 집중하는 것은 확장된다. 내가 감사히 여기는 것은 그걸 느끼게 된다.

린 트위스트 맞아요. 우리가 이러한 경험을 누릴 수 있는 건 나눔을 통해서예요. 기여를 통해서, 봉사를 통해서예요. 다른 사람들에게 양분을 공급하는 걸 통해서예요. 이것이 바로 진정한 번영의 터전이랍니다.

린 트위스트 | 기아와 빈곤 퇴치를 위해 헌신해온 사회운동가, 《돈 걱정 없이 행복하게 꿈을 이루는 법》의 작가

나누어보면 알아요, 모두 같다는 걸

아내와 나는 해마다 외딴 해비타트 공사장에서 일주일을 꼬박 보내요. 평생 집 한 채 가져본 적 없는 가족과 나란히 일을 해보면, 그들의 도덕적 가치가 결코 뒤떨어지지 않는다는 걸 아주 분명하게 이해하게 됩니다. 그들의 야망도 우리의 야망만큼이나 원대합니다. 단지 누군가가 곤궁하다고 해서, 인생에서 성공으로 여겨지는 것들이 결핍돼 있다고 해서, 그가 열등한 건 아니에요. 내가 어른이 된 후, 특히 백악관을 나온 뒤로 배운 중요한 교훈이 이거에요. 바로 열등한 사람은 없다는 겁니다.

지미 카터 | 1977~1981년 미국 대통령, 2002년 노벨 평화상 수상

고용을 늘리는 것도 세상을 위한 나눔입니다

직장에 고용된 여성으로서 내가 유일한 여성일 때가 간혹 있습니다. 우린 생각하지요. '내 자리도 부족한데.' 혹은 '인도계 여성은 한 명뿐일 거고, 소수자는 한 명뿐일 거야. 그게 나였으면 좋겠어. 딴 사람은 안 돼.' 이런 건 우리가 어릴 때 들이는 나쁜 버릇이에요. 하지만 고용을 하는 측이라면 이렇게 생각할 수 있어요.

'만약 내가 젊은 여성들의 불안을 거두어줄 수 있다면, 이곳에 인도계 여성이 단 한 명이 아닐 거라고, 흑인 여성이 단 한 명이 아닐 거라고, 여성 자체가 한 명이 아닐 거라고, 충분한 자리가 있을 거라고 말해줄 수 있다면 그들이 더 이상 그런 불안을 가질 필요가 없을 텐데.' 이게 바로 내가 이바지하고자 하는 한 가지 방식이에요.

민디 캘링 | NBC 드라마 〈더 오피스〉의 작가이자 배우, 감독

당신이 세상으로부터
받고 싶은 것을 세상에 주어라.
그것이 결국
당신이 받게 될 것이니까.

게리 주커브

시인 대니얼 래딘스키는 이런 시를 썼다.
이토록 긴 세월이 흐르고도
태양은 절대로 지구에게
"넌 나한테 빚졌어"라고 말하지 않는다.
이런 사랑으로 어떤 현상이 생기는지 보아라.
온 하늘을 밝혀주지 않느냐.
이렇게 하는 거다.
이렇게 신성한 사랑을 베풀고
실천하기만 하면 된다.

웨인 다이어

152

부는 당신에게 선택권을 주는
도구이긴 해도
온전하게 살지 않은 삶까지
보상해줄 수는 없다.

— *Oprah* —

CHAPTER NINE

보상

THE REWARD

나의 아버지 버논 윈프리는 1963년에 하슬라이발학교(Hasla Barber College)를 졸업했습니다. 견습생으로 1년 반을 일한 뒤, 53년간 붙박이로 산 고향 내쉬빌에 이발소를 열었죠. 이발학교에 들어가기 전에는 군에서 복무했고, 이런저런 직업을 두루 거쳤답니다. 그 가운데는 밴더빌트대학교 환경미화원도 있었죠. 어머니 버니타 윈프리와 외할머니 해티 메이는 가정부로 일하셨고요.

나는 하루의 고된 노동이 지닌 가치를 알고 자랐습니다. 어린 나이에도 나는, 내 자신이 책임져야 한다는 걸 알고 있었어요. 내가 자란 환경에는 안전망도 대비책도 없었으니까요. 좋든 싫든 내 살길은 내가 찾아야 했죠.

첫 일자리를 얻은 건 열다섯 살 때였어요. 시간당 50센트를 받는 베이비시터였는데 아이들은 말썽쟁이였고 사모님은 꼭 침실에 옷가지들을 쌓아뒀어요. 마치 시계처럼 그녀는 외출 직전이면 내게 다가와 침실 좀 정리해줄 수 있겠냐고 물었어요. 하지만 외출에서 돌아온 그녀는 청소에 대한 보상을 일절

하지 않았고, 나는 그녀가 나의 노력을 중히 여기지 않는다는 걸 절감했어요. 하지만 나는 달랐습니다. 나는 나의 노동과 내 자신을 소중히 여겼어요. 그래서 결심했답니다. 돈을 적게 벌든 많이 벌든, 절대로 내 가치를 그 돈으로 규정하지 않겠노라고. 그렇게 내 첫 아르바이트는 돈에 관한 나의 귀중한 첫 번째 교훈을 가르쳐주었습니다.

"나는 내 월급이 아니다."

베이비시터 일을 그만두고는, 동네 가게에서 시간당 1달러 50센트를 받고 선반 채우는 일을 했어요. 시급은 훨씬 나아졌지만 손님들에게 말을 거는 건 금지였어요. 4장에서 언급했듯이 '말재주꾼'인 나에게는 맞는 옷이 아니었습니다. 입을 닫고 있어야 하는 일은 결코 내가 할 밥벌이가 아니라는 걸 난 알았어요. 그건 나 자신에 대한 배반과도 같았죠. 열다섯 살밖에 안 됐지만 나는 그럴 의사가 없었답니다. 이때의 경험은 또 다른 삶의 교훈이 됐어요.

"내가 뭘 싫어하는지 아는 건, 내가 뭘 좋아하는지 아는 것만큼이나 가치

있다."

결국 아버지 밑에서 일을 하게 됐어요. 이발소와 연결된 모퉁이 식료품점의 1페니짜리 사탕 판매대에서 근무했죠. 아버지는 보수를 주지는 않았지만, 말하는 걸 허용하셨답니다. 훗날 방청객들이 〈오프라 윈프리 쇼〉를 방청하는 게 그렇게 자연스러웠던 이유는, 그때 내가 이발소와 식료품점에서 다진 동지애 덕분이라고도 할 수 있을 거예요.

고등학생 때는 지역 라디오 방송국에서 뉴스 낭독 일이 들어왔어요. 일주일에 100달러나 받았죠. 열일곱 살짜리한테 아주 큰돈이었지만, 공짜로도 기꺼이 할 수 있었어요. 내게 안성맞춤인 옷으로 느껴졌답니다. 그때 세 번째 교훈을 얻었죠.

"좋아하는 일을 하는 기쁨을 알고, 그 일을 추구하는 걸 절대 멈추지 마라."

한참의 세월이 흐른 지금도 여전히, 내 연봉이 내가 아님을 통감하고 있답니다. 나는 매일 감사드려요. 생계를 이어갈 수 있을 뿐만 아니라, 내가 생각하기에 품격 있는 삶을 영위할 수 있는 기회를 누려서요. 누구나 생존을 위해서는 수입원이 필요하단 걸 잘 압니다. 하지만 확신하게 됐어요. 내가 경제적인 성공을 이룰 수 있었던 이유 중 하나는, 나의 초점이 돈에 맞춰져 있지 않았기 때문이란 걸요.

이번 장에 담긴 지혜를 터득해서 진정한 성공을 가늠하는 새로운 측정법을 개발하게 되기를 바랍니다. 나에게 훌륭한 보상이란, 내가 누구인지에 대한 나의 진실을 집행했을 때 찾아오는 영속적인 만족감과 자기 존중감이랍니다.

물질적 성취가 자신의 가치를 좌우하도록 방관하는 것의 위험을 보여주는 가장 기억에 남는 사례는, 작가 사라 밴 브레스낙(Sarah Ban Breathnach)의 경험담입니다. 내가 감사일기를 쓰기 시작한 게 그녀의 베스트셀러 《혼자 사는 즐거움》 때문이라고 오래전부터 말해왔는데요. 그 책은 세상을 살아가는 내 방식을 바꿔놓았습니다. 《혼자 사는 즐거움》은 700만 부 이상 판매됐고, 그녀는 부지불식간에 엄청난 부자가 됐어요. 출판계의 거물로 등극해 조수를 아홉 명이

나 고용했답니다. 한 번의 여행에서 마놀로 블라닉 신발을 여덟 켤레나 사오고, 아이작 뉴턴 경이 소유했던 예배당을 사들이기도 했어요. 그러나 15년이 흐른 뒤, 그녀는 자신이 어떻게 그 모든 걸 전부 잃었는지를 용기 내어 고백했습니다. 그 대가로 결국 무엇을 얻었는지도요.

그녀를 비롯한 여러 사람들에게 배운 한 가지는, 한 사람이 돈을 다루는 방식은 그가 자신을 바라보는 방식을 반영한다는 겁니다. 로또에 당첨돼 일확천금을 얻어도, 자신은 새롭게 획득한 부를 누릴 자격이 없다고 여기는 사람들이 많아요. 그래서 자신의 가치를 꾸며내기 위해 소지품에 돈을 탕진하고 말죠. 사회적 신분의 상징물들에 눈이 멀어버리면, 오로지 나만이 세상에 줄 수 있는 유일무이한 선물을 보기가 어려워진답니다.

확실한 사실은, 당신이 얼마의 부를 소유했든 시간의 흐름에 따라 지나가고 변한다는 겁니다. 진짜인 것, 영원한 것은 당신이 누구이며 이 세상과 무엇을 나누도록 의도됐는가입니다. 그것이 당신의 진짜 보물입니다.

— *Oprah*

럭셔리는 갖고 있는 모든 것으로
따지는 게 아니라
없이도 살 수 있는 모든 것으로
따지는 것이다.

피코 아이어

돈 때문에 인류애를 저버릴 순 없어요

시나리오를 검토할 때면, 피부가 간지럽거나 속이 뒤틀리거나 둘 중 하나예요. 그렇게 간단하답니다. 피부가 간질거리면 내가 반드시 해야 하는 작품이고, 속이 뒤틀리면 내가 할 수 없는 작품이죠. 그동안 연기한 모든 캐릭터를 통해 배운 게 한 가지 있어요. 감정적으로도, 영적으로도, 심리적으로도 참인 무언가를 배웠죠. 그건 내가 단지 돈 때문에 일을 한 적이 없다는 거예요. 인류애를, 특히 여성을 위한 인류애를 강화시키지 않는 일은 할 수가 없었어요. 눈앞에서 돈다발이 번쩍이면 그것이 내 선택을 지배하도록 좌시하기 쉽죠. 하지만 내게 더 중요한 건 마음과 몸, 영혼의 평화랍니다. 그 모든 재물을 갖는 것보다 말이에요. 밤에 머리를 베개에 대면 나는 약도, 알코올도, 그 어떤 것도 필요 없어요. 노곤하기만 하면 돼요.

시실리 타이슨 | 프라임타임 에미상 및 토니상 수상 배우

없는 걸 강조한다고 없는 게 생기진 않아요

마이클 버나드 벡위스 움켜쥔 손을 펴는 순간, 저항을 내려놓는 거고 그러면 나를 위한 것이 올 거예요.

오프라 아하. 이게 바로 '아하!'의 순간이로군요. 원하고, 원하고, 자꾸만 원하면, 그건 나타나지 않으니까요.

마이클 버나드 벡위스 맞아요. 그 순간 우주에 전송하는 우리의 메시지는

"난 그걸 원해, 난 그걸 원해, 난 그걸 원해, 난 그걸 원해"인데, 이렇게 번역되죠. "난 그게 없어, 난 그게 없어, 난 그게 없어." 그러니까 그걸 받을 수 없게 되는 거예요.

오프라 결국 나만의 축복을 차단하게 되는 거로군요.

마이클 버나드 벡위스 그렇습니다.

마이클 버나드 벡위스 | 명상 지도자, 강연가, 다수의 책을 쓴 작가

만족하지 못하는 이유는 두려움 때문입니다

린 트위스트 나는 내가 가난하다고 불렀던 사람들과 부자라고 불렀던 사람들로부터 많은 걸 배웠어요. 우린 모두 전인적이며 완전한 사람인데, 경제적 여건의 밀물과 썰물 속에서 살아갈 뿐이란 걸요. 늘 엎치락뒤치락하는 경제적 여건은 우리를 규정하지 않아요.

오프라 우리는 인종, 종교, 삶의 여러 조건에 의문을 품으면서 돈에만큼은 그저 힘을 부여한다고요?

린 트위스트 우리가 돈을 소유하는 게 아니에요. 돈이 우릴 소유하죠. 우리는 돈에 인간의 목숨보다도 더 큰 힘을 부여했어요. 자연계나 인간관계보다 큰 힘을요. 실은 그렇지 않단 걸 알지만 마치 돈이 제일로 귀한 듯 살아가요. 이는 우리를 불구로 만들죠. 엄청난 불안과 고통을 안겨요. 자부심과 보람, 사랑을 내던지고 짜증스럽고 경쟁적이고 탐욕스러워져요. 사람과 돈 사이에 너무나도 많은 고통이 있어요. 거짓말도 있고요. 해서 후회되는 일도, 하지 않아서 후회되는 일도 있죠. 모두가 돈에 얽힌 앙금이 있어요.

오프라 돈이 가진 암묵적 힘 때문이라고요?

린 트위스트 맞아요, 돈이 모든 걸 해결해준다고 믿죠. 이렇게들 생각해요. '딱 30퍼센트만 더 벌면 모든 게 괜찮아질 텐데.' 하지만 지금보다 30퍼센트 덜 벌 때도 괜찮지 않았어요. 그러니 30퍼센트 더 벌어도 충분치 않아요. 거기서 또 30퍼센트를 더 원하게 될 테니까요. 우린 정말 돈을 다른 모든 것보다 중요시하는 사회에 완전히 중독돼 있어요. 이는 우리를 병들게 하고 우리에게 상처를 입혀요.

오프라 그러니까 '희소성의 신화'를 깨뜨리려면, 충분치 않다는 믿음을 버리려면, 충만감 속에 살아야 한다고요?

린 트위스트 네. 충만감이란 내가 누구인지에 대한 깊은 이해, 나 자신과의 일체감, 완전함의 지점이에요. 그런데 이 세상에서 충만감 혹은 충족감에 이르기는 거의 불가능해요. 세상은 내가 '희소성의 신화'라 부르는 것을 칭송하니까요. 희소성의 신화란 일종의 마음가짐으로, "충분치 않다"는 검증되지 않은 막연한 추측이에요. 시간이 충분치 않고, 돈이 충분치 않고, 사랑이 충분치 않아요. 휴가도 충분치 않고, 섹스도 충분치 않죠. 모든 회의, 모든 논의, 모든 오찬, 모든 만찬, 모든 일이 우리에게 무엇이 충분치 않은지에 관한 거예요. 소비문화 속의 상술이죠. 단지 돈에 국한되지만은 않아요. 삶의 전방위로 흘러들죠.

오프라 전방위요.

린 트위스트 네. 단지 "충분치 않아"에서 끝나지 않고, "부족해"가 돼요. 우리는 부족해. 나는 부족해. 그리고 나 자신과의 이런 결핍적 관계는 우리가 겪는 많은 고통의 기원이에요. 검증되지 않은 막연한 마음가짐에서 비롯된 잘못된 통념들이죠. 사람들에게 분배될 것이 충분하지 않다. 그래서 어딘가에 있는 누군가는 반드시 소외될 것이다.

오프라 그걸 믿게 되면, 그것에 설득당하면, 바로 그런 삶을 살게 되겠죠.

린 트위스트 맞아요. 충분히 못 가질 거라는 두려움 때문에 필요 이상으로 많은 걸 비축하게 돼요. 과도한 축적조차도 '내 몫을 충분히 못 가질 거야'라는 두려움에서 주로 기인합니다.

린 트위스트 | 기아와 빈곤 퇴치를 위해 헌신해온 사회운동가, 《돈 걱정 없이 행복하게 꿈을 이루는 법》의 작가

성공은 순환합니다

사라 밴 브레스낙 내 책《혼자 사는 즐거움》은 1년 가까이 1위를 했어요. 119주 동안 베스트셀러 목록에 올라 있었죠. 그런데 어느 수요일, 출판사에서 전화가 없었어요. 의아했죠. '흠, 이상하네. 왜 아무도 전화를 안 걸지.' 그래서 매니저에게 전화해 물었죠. "아무 소식도 없는데?" 그러자 그녀가 말했어요. "음, 이번 주에는 베스트셀러 목록에 없어요."

오프라 119주나 지났는데 기분이 어떠셨어요?

사라 밴 브레스낙 이 얘기는 한 번도 한 적이 없어요. 별로 공감을 얻지 못하니까요. 나는 울고 또 울었어요. 세상 그 누구도 내 기분을 이해 못할 것 같았죠. 1위의 유일한 문제점은 결국 2위, 3위, 4위로 내려와야 한다는 점이에요.

오프라 삶은 흘러가니까요.

사라 밴 브레스낙 맞아요, 맞아요.

오프라 그런데 마음의 준비를 하지 않으셨어요? "전화가 걸려오지 않으면 어떻게 할 것인가?"라고요.

사라 밴 브레스낙 안 했어요. 진작 알았더라면 좋았을 교훈 중 하나죠. 성공은 순환한다는 사실을 미리 깨쳤더라면 좋았을 거예요.

오프라 핵심은 이거예요. 핵심은 이겁니다. 지금 강하게 드는 생각인데, 성공이 순환적이란 것뿐 아니라, 신드롬의 한복판에 있는 책이었는데도 정작 흥행을 겨냥했던 건 아니란 점을 짚고 싶어요.

사라 밴 브레스낙 맞아요. 베스트셀러를 노린 게 아니었어요.

오프라 여성들의 마음을 어루만지고 싶으셨던 거죠. 그걸 기대하신 거잖아요. 맞나요?

사라 밴 브레스낙 그렇죠. 그런데 《혼자 사는 즐거움》을 집필하면서 내가 삶을 변화시키고자 했던 유일한 여성은 바로 나 자신이었어요. 그러다 다른 여성들의 삶에도 감동을 주는 기적이 일어난 거죠.

사라 밴 브레스낙 | 자선사업가, 작가. 《혼자 사는 즐거움》은 5백만 부 이상 판매됐다

그저 나 자신이 되세요
나의 전부가 되세요

진정 나다운 모습이 되는 걸 어떤 방식으로든 거부당하는 게, 누구나 겪어본 적 있는 가장 큰 상처인 것 같아요. 그 결과 우리는 내가 아닌 다른 모습이 되려고 하죠. 인정과 사랑, 보호, 안전, 돈 등등을 확보하기 위해서요. 하지만 진정으로 필요한 건, 진짜 내 모습의 정수와 다시 연결되는 것이고, 나의 모든 잘려나간 부분을 다시 소유하는 겁니다. 그것이 내 감정이든, 영성이든, 무엇이든지요. 우린 모두 우리의 일부를 숨기고 다녀요. 수년 전 만난 한 불교 스승은 이렇게 말했습니다. "그대에게 비밀을 말해주겠습니다. 만약 그대가 20년간 명상을 한다면, 마지막에 이걸 터득하게 될 겁니다. 그저 나 자신이 되십시오. 허나 나의 전부가 되십시오."

잭 캔필드 | 《영혼을 위한 닭고기 수프》 시리즈의 공동저자

외적인 것들로 자신을 규정하지 마세요

공로를 인정받는 건 좋은 일이에요. 하지만 그건 순식간이죠. 평생 그런 영예에 기대어 살 수도 없고, 나의 중요성 혹은 나의 목적의 전부로 삼을 수도 없어요. 그런 게 나를 규정하도록 놔둘 수도 없죠. 그런 포상들은 물론 멋지지만, 그것들이 절대 날 규정하진 않을 거예요.

나는 베풀 줄 아는 아량으로 내 자신을 규정해요. 나는 이해력으로 내 자신을 규정해요. 나는 나의 도덕과 나의 진실로 내 자신을 규정한답니다. 이런 것들이야말로 내가 누구인지 알려주는 것들이에요. 오르락내리락하는 외적인 순간들 말고요.

골디 혼 | 아카데미 수상 배우, 영화감독, 제작자

최고의 보상은 내 길을 계속 갈 수 있는 거죠

오프라 마이클 잭슨에 관한 기사를 읽었던 기억이 나요. 친구들이 증언하기를, 그는 〈스릴러〉 이후 여생을 〈스릴러〉를 따라잡는 데 할애했다 해요. 〈배드〉가 2천만 장인가 4천만 장인가 팔렸지만 끝까지 매사를 〈스릴러〉와 비교했다고 합니다. 그렇다면 당신은 그 덫을 어떻게 피하시나요? 데뷔작 〈겟 아웃〉이 선풍적인 인기를 누렸잖아요.

조던 필 나는 계속 영화를 만들 거예요. 내가 보고 싶은 영화들을요. 내가 보고 싶으면 다른 사람들도 보고 싶어 할 거라 믿어야죠. 만약 남들이 보고 싶어 하지 않으면, 그럼 그렇구나 하고 받아들여야 하죠. 그렇지만 내게 언제나 최고의 보상은, 다음 작품을 또 제작할 수 있는 거였어요.

조던 필 | 시나리오 작가, 영화감독, 제작자. 〈겟 아웃〉으로 아카데미 각본상 수상

돈보다는 의리와 우정을 지켰어요

나는 여러 번 중대한 갈림길에 섰었죠. LA의 한 라디오 방송국에서 일하면서 벌이가 쏠쏠할 때였어요. 다른 라디오 방송국에서 훨씬 더 큰 액수를 제의했어요. 당시 의기투합하던 동료들과 경쟁하는 대가로요. 나는 상사한테 가서 말했죠. "이것 보세요. 당신들한테 등 돌리는 대가로 거액의 스카우트 제의를 받았다고요."

"흠, 우린 그 정도의 고액을 줄 수는 없다네." 고민을 좀 해봤습니다. 그러고 결정했죠. 내겐 인생을 역전시킬 만한 돈이었지만 수락하지 않기로요. 좋아하는 사람들, 친구이자 팀원들을 경쟁상대로 삼는 것이 옳지 않게 느껴질 것 같았어요. 그로부터 3개월도 채 지나지 않아 TV 프로그램을 맡게 됐습니다.

지미 키멜 | 토크쇼 〈지미 키멜 라이브!〉의 진행자이자 총제작자

일반적 잣대의 '성공'에 집착하지 마세요

실패는 우리를 겸손하게 만들어줍니다. 성공이 얼마나 덧없을 수 있는지 깨닫게 해주죠. 적어도 전통적 잣대의 성공은 말이죠. 실패는 성공이 얼마나 내 통제 범위 밖에 있는지 깨닫게 해요. 그리고 스스로를 규정하는 차원의 성공에 덜 투자하게 만들죠. 목표를 달성하는 차원, 사명을 드러내는 차원, 비전을 실현하는 차원에서의 성공은 모두 좋습니다. 특히 나로 인해 선이 생길 수 있다면요. 하지만 전통적 잣대의 성공이 나를 규정하기 시작한다면, 내 자존감의 원천이 된다면, 불행해질 수밖에 없습니다. 왜냐하면 그건 통제가 불가능하니까요.

제프 와이너 | 세계 최대 전문가 네트워크 링크드인 前 CEO

너무 많이 가지면 갖지 못하는 것도 있어요

트레버 노아 제 고향 소웨토 가보셨죠. 거기 사람들 어떻게 사는지 보셨나요?

오프라 네.

트레버 노아 이상하게도, 난 항상 사람들에게 말한답니다. 혼자 가난하면 지옥 같지만 함께 가난하면 훨씬 수월해진다고요. 그렇죠? 왜냐하면 다 같이 겪는 거니까요. 가난 자체가 줄어들진 않아도 이미 가진 것들을 만끽하게 된답니다. 그건 바로 서로의 존재죠. 그래서 우린 웃고 마음껏 즐겼어요. 우리에겐 종종 너무 많이 가지면 갖지 못하는 게 있었거든요. 바로 주위 사람들에게 집중할 수 있는 능력이었죠.

트레버 노아 | 〈더 데일리 쇼〉의 진행자

아무것도 가진 게 없을 때 '충분'을 느꼈어요

오프라 우리는 그저 더, 더, 더만 좇는 세상에 살고 있어요. 우리를 보완해 줄 더 많은 것들과 우리를 완성시켜 줄 더 많은 것들을 찾죠. 그런데 '더'의 반대가 '충분'이라고요?

윌리엄 폴 영 네. 경제적으로 몽땅 잃어버리게 됐을 때 그 결론에 도달했어요.

오프라 뭐 때문에 몽땅 잃으셨죠? 투자 실패인가요?

윌리엄 폴 영 그렇죠. 그리고 그 당시의 멍청함 때문이었죠. 내겐 진정 영혼에 치유를 선사해준 친구들이 많이 있어요. 그 친구들한테 전화를 걸어 말했죠.

"이봐, 너희가 우리를 끔찍이 생각하는 건 나도 알아. 우리 재정 형편이 이래. 너희가 우리 가족을 사랑하는 건 알지. 너희는 사내들이잖아. 뭐든 고치는 걸 좋아하지. 하지만, 제발. 제발. 날 여기서 구하지 말아줘. 왜냐하면 신이 지금 내 가슴속에서 하시는 일을 너희가 아마도 간섭하게 될 테니까."

오프라 그래서 그냥 나 자신을 나앉게 놔뒀다고요?

윌리엄 폴 영 내 자신을 신뢰로 나앉게 했죠. 그리고 바로 그때 '더'의 반대는 '충분'이란 걸 깨쳤답니다.

오프라 대다수는 이렇게 말했을 거예요. "돈 좀 빌려줄 수 있니? 이번만 도와주면 다시는 이런 일 없을 거야, 약속해."

윌리엄 폴 영 알아요.

오프라 심오한 이야기예요. 나한테도 많은 사람들이 와서 묻거든요. "저 좀 도와주실래요? 한 번만 도와주시면……." 그런데 내가 터득한 게 뭐냐면, 돈은 절대 사람을 구제해주지 못한다는 거예요.

윌리엄 폴 영 정확합니다.

오프라 그게 무엇이든 이미 그를 기다리고 있는 걸 지연시켜줄 뿐이죠. 왜냐하면 애당초 그런 상황이 초래된

것 자체가 삶에 대한 그의 대처방식, 관리방식 때문이었으니까요. 지금 하신 말씀에 엄청난 '아하'가 터져 나온 게 그래서예요. 나는 지금껏 사람들에게 수표를 써줌으로써, 무엇이 됐든 그들이 자신에게 필요한 가르침을 체험하지 못하도록 차단한 셈이었어요.

윌리엄 폴 영 맞아요. 사람들은 돈이 자신의 두려움을 다스릴 수 있는 힘을 줄 거라고 착각하니까요.

오프라 세상에. 정말 심오한 가르침이네요.

윌리엄 폴 영 우리 가족에게도 그랬어요. 갑자기 기쁨이 벼락처럼 떨어졌죠. 가진 게 아무것도 없었는데도요.

윌리엄 폴 영 | 《오두막》의 작가. 《갈림길》 《이브》 등도 썼다

당신은 이미 알고 있다.

— *Oprah* —

CHAPTER TEN

집

HOME

당신도 마찬가지일 테지만, 살면서 만난 몇몇 책과 영화들은 세상을 내다보는 나의 렌즈를 완전히 바꿔놓았어요. 그 목록은 좀 길지만, 특히 애정하는 문학작품이 두 편 있답니다.

어머니와 함께 밀워키에 살던 고등학교 때였어요. 도서관에 갈 때마다 다섯 권씩 대출해가는 걸 눈치 챈 사서가 책 한 권을 권했습니다. 그 책은 저를 영원히 바꿔주었어요.

"이런 책들을 좋아한다면《앵무새 죽이기》도 좋아할 거야." 그의 말이 맞았습니다. 책을 펼친 순간, 나는 빠져들었어요. 변호사 애티커스 핀치와 딸 스카웃, 그리고 이웃집 부 래들리의 일대기는 아마도 내가 독서모임을 연 이유일 거예요. 주변 사람들 모두가 읽었으면 좋겠다고 생각한 첫 번째 책이었거든요. 나는 스카웃의 정신에 매혹됐어요. 호기심 많은 그녀에게 동질감을 느꼈고, 어린 나이에도 불구하고 자기 자신과 자신의 신념을 정확히 안다는 사실을 동경했죠. 스카웃을 보고 힘이 솟았어요. 나도 그녀처럼 인종주의라는

개념에 눈을 뜨고 있었거든요. 그리고 그녀도 나처럼 세상의 복합적인 현실에 눈을 뜨고 있었죠.

스카웃과 아버지 애티커스의 관계도 부러웠어요. 특히 스카웃이 아버지를 이름으로 불렀을 때요. 그런데 그 책을 읽은 지 한참이 지난 뒤, 배우 그레고리 펙 옆자리에 앉아 오찬을 하게 됐답니다. 그는 이 소설을 원작으로 한 영화에서 애티커스 역을 연기한 남자 주인공이었어요. 내 머릿속에 떠오른 인사말은 이것뿐이었죠. "스카웃은 잘 있어요?" 꼬마 숙녀를 연기했던 그의 동료 연기자에 관한 질문이었는데, 그는 기품 있게 답해주었답니다. "뭐, 40년 전이었으니까, 네, 잘 있어요."

내게 스카웃은 여전히 강렬한 캐릭터예요. 처음 책을 펼쳤을 때나 영화화되어 스크린으로 만났을 때나 똑같이요. 스카웃의 일부는 평생 내 안에서 숨 쉴 거예요.

희대의 명작 속 또 다른 굳센 투지의 소녀가 겪은 역경도 내게 각성을 불러왔죠. 일곱 살인가 여덟 살 때였어

요.《오즈의 마법사》가 단지 정신을 잃고 환상적인 꿈을 꾸는 판타지 소설 그 이상이란 걸 깨달았답니다. 허수아비와 양철나무꾼, 겁쟁이 사자가 실은 숙모의 농장에서 온 도로시의 친구들이란 걸 깨달은 순간 마음 깊숙한 곳이 저릿했습니다. 당시엔 그 느낌을 표현할 길이 없었지만, 자라서 차츰 나만의 깨달음의 길을 만나자 이해하게 됐어요.《오즈의 마법사》가 공전의 영적 여행기였다는 걸요.

도로시가 경험한 일은 신화학자 조지프 캠벨(Joseph Campbell)이 일컬은 그 유명한 '영웅의 여정'이었어요. 노란 벽돌 길은 진정한 자아로 향하는 길을 상징했죠. 그 길 위에서 도로시는 자신의 나약해진 부분들을 마주한 거였어요. 두뇌를 갖고 싶은 허수아비의 소망, 심장을 갖고 싶은 양철나무꾼의 갈망, 용기를 갖고 싶은 겁쟁이 사자의 열망도요.

대다수의 사람들과 마찬가지로, 도로시는 자기 외부의 것이 필요하다고 생각했어요. 그녀는 위대하고 전능한 오즈의 마법사가 친구들에게 그 값진 덕목들을 하사해주고 자신을 집으로 데려가줘야 되는 줄 알았죠. 하지만 영화 속의 가장 인상적이었던 장면에서, 착한 마녀 글린다는 영성 지도자들이 지난 수천 년간 전파하고자 했던 이야기를 합니다. "도로시, 네겐 더 이상 도움이 필요 없단다. 넌 언제나 그 힘을 지니고 있었어." 도로시의 가장 충직한 벗인 허수아비가 글린다에게 물었죠. "왜 진작 말해주지 않았죠?" "그랬으면 날 믿지 않았을 테니까. 스스로 알아내야만 했던 거야." 이건 아마도 내 인생의 가장 큰 '아하'의 순간이었어요.

자기 자신으로부터 얼마나 멀리 표류해왔든, 되돌아가는 길은 언제나 있습니다. 당신은 이미 자신이 누구인지를, 그리고 어떻게 운명을 완수할 수 있을지를 알고 있어요. 당신의 빨간 구두는 당신을 집으로 데려다줄 준비가 돼 있습니다.

구두를 신기 직전에, 도로시는 이 땅의 모든 이들에게 적용되는 보편적 교훈을 나눕니다.

"언젠가 또다시 내 가슴속 갈망을 찾

아 헤매게 된다면, 그땐 우리 집 뒤뜰 보다 멀리 가서 찾지 않을 거야. 거기에 없다면 애당초 잃어버린 것도 아니었을 테니까."

이 책의 마지막인 이번 장에서는, 당신이 자신의 목적을 발견하고 당신의 가장 위대한 진실을 살아낼 힘을 지녔다는 사실을 보여주고자 합니다. 노란 벽돌 길을 얼마나 많이 맞닥뜨리든 상관없어요. 그 힘은 언제나 바로 그곳에 있었어요. 집에, 여러분 가슴속에요.

— Oprah

우리 모두는 내면에 경이로운 힘을 안고 창조됐다.
우리 앞을 가로막는 모든 것은
우리가 성장하고 진화하라고 나타나는 것.
만약 이런 관점으로
우리가 가로막힌 지점과
우리가 삶에 항거하려는 지점을
기꺼이 가슴을 열고 바라본다면
우리에게는 위대한 기회가 주어진다.
언제나 내가 되고 싶어 했던 내 모습,
그 모습에 가까워질 수 있는 기회가.

데비 포드

사실은 이미 당신도 알고 있습니다

모든 영적인 지식은 인식하는 게 아닙니다. 재인식하는 겁니다. 이미 깊은 곳에서 알고 있던 것을 다시 확인하는 거예요. 깊숙이 직감하고, 혹시나 하고, 갈구하고, 기원했던 것, 그것이 영혼이랍니다.

나 자신의 발견과 신의 발견은 결국 평행이동을 하게 될 거예요. 나 자신에게 깊이 침잠할수록 신에게도 깊이 침잠하게 되죠. 신에게 깊이 침잠할수록 나 자신에게도 깊이 침잠하는 게 허용됩니다.

리처드 로어 | 신부, 초교파 스승, 《내 안에 접힌 날개》 등을 썼다

어떤 사람이 되고 싶든 당신 안에 있어요

내가 애용하는 표현이 있어요. 그 나이 든 여인네. 난 이 말을 엄청난 애착을 갖고 해요. 한 번은 딸이랑 같이 여행을 한 적이 있어요. 그 여행에서 그 나이 든 여인네를 찾아다녔죠. 내가 나중에 나이 들어 되고 싶은 여인네에요. 현명한 여인네. 담대한 여인네요. 강인하고 회복력 있는 여인네죠. 자신의 목소리를 알고, 그것을 표현하고, 그것을 견지하는 여인네입니

다. 이것이 나의 나이 든 여인네랍니다. 풍파를 이겨낸 여인네요. 내 소설 《날개의 발명》의 마지막 부분에 주인공 핸드풀이 사라를 보며 이렇게 말하는 장면이 나와요. 적당히 달여진 진하고 맛있는 국물이 됐다고요. 나는 그게 되고 싶어요. 내가 찾아 떠났던 그 나이 든 여인네의 덕목을 가진 적당히 달여진 진하고 맛있는 국물이 되고 싶어요.

수 몽크 키드 | 2014년 아마존에서 가장 많이 팔린 소설 《날개의 발명》을 썼다

나는 나 하나로 충분해요

오프라 전에는 모르고 있다가 발견했다는 게 뭐죠?

엘리자베스 길버트 나는 내 자신을 전적으로 책임질 수 있다는 걸 발견했어요. 내가 나의 백(back)이라는 거요. 경제적인 것만 의미하는 게 아니에요. 정서적인 걸 말하는 거예요. 나는 내 안에 있는 아이와 단 둘이 남겨져도 될 만큼 충분히 책임 있는 성인이 됐다는 걸 이제 알아요.

오프라 무슨 일이 있어도 괜찮을 거란 것도요.

엘리자베스 길버트 난 괜찮을 거예요.

엘리자베스 길버트 | 《먹고 기도하고 사랑하라》《결혼해도 괜찮아》의 작가

해답은 이미 나의 골수에 있어요

오프라 당신이 우리 모두에게 주고 싶은 교훈은, 하루하루를 골수에서부터 살라는 거죠?

엘리자베스 레서 네. 우리는 인생의 해답이 복잡하다고 생각해요. 아니면 나 자신을 발견하기 위해 엄청난 탐험에 나서야 한다고 생각하죠. 그런데 사실 알고 보면 우리는 이미 충분해요, 그냥 충분하니까요.

엘리자베스 레서 | 《부서져야 일어서는 인생이다》의 작가, 여동생에게 골수이식을 했다

무엇이든 가능합니다

나의 삶은, 원하는 건 이룰 수 있다는 내 믿음의 증거예요. 그러니까 희망이 마를 날이 없어요. 맞아요, 화보 같은 사진 또 찍을 거예요. 맞아요, 또 딱 붙는 블랙 드레스를 입고 무대에 오를 거예요. 가능해요. 그러니까 사람들에게 이렇게만 말하면 된답니다. "전부 다 가능해."

스티비 닉스 | 그룹 플리트우드 맥의 멤버이자 솔로 가수

우주를 향해 손을 뻗으세요

나는 내가 쓸모 있는 인간으로 인정받는 게 가장 자랑스러워요. 아이들에게도, 지금은 이 세상에 안 계신 부모님에게도, 친구들에게도, 환경에도 쓸모 있는 인간이요. 내가 되고 싶은 인간에는 아직 못 미치지만 많이 나아졌어요. 정말 아주 많이 나아졌어요. 그게 자랑스러워요. 분명 나는 과거 그 어느 때의 나보다 나은 사람이니까요. 우리는 불완전한 피조물이에요. 맞아요, 그렇지만 어쩌겠어요. 하지만 우리는 더 나은 나, 더 나은 자신이 되고자 손을 뻗어야 해요. 고초가 따르고 암초가 도사리겠죠. 두려움, 그리고 삶에 따라오는 이런저런 문제들이 있을 거예요. 하지만 그것들을 통과해 손을 뻗어야 합니다. 손을 뻗어야 해요, 서로가 서로에게뿐만 아니라 우주를 향해서요.

시드니 포이티어 | 아카데미 공로상 수상 배우이자 영화감독, 외교관

183

내가 가진 건 빼앗겨도 나는 빼앗길 수 없어요

인생의 총체적 목적은 통달이라고 믿어요. 우리의 감정, 우리의 재정, 우리의 관계, 명상을 통한 우리의 의식 등을 통달하는 거요. 우리가 살면서 얻거나 쌓아두는 것들에 관한 얘기가 아니에요. 그 모든 것들은 빼앗길 수 있어요. 재물도 잃어버릴 수 있고, 명예도 잃어버릴 수 있죠. 예쁘고 잘생긴 배우자도 사별하거나 이별할 수 있어요. 하지만 당신이 이루는 통달과 그걸 습득하는 과정에서 빚어진 당신의 모습은 결코 빼앗길 수 없습니다. 절대로요.

잭 캔필드 | 《영혼을 위한 닭고기 수프》 시리즈의 공동저자

나만의 버전대로 사세요

모리는 이렇게 말했어요. 사람들이 불행한 이유는 몽유병 환자들처럼 반수면 상태로 삶을 보행하기 때문이라고. 사람들은 자신이 속한 문화에 따라 어떻게 살아야 하는지 명령을 따르고 있는 거라고. 타인에게 베풂으로써, 공동체에 참여함으로써, 자신을 발산할 수 있는 창조적인 창구를 발견함으로써 삶의 의미를 찾는 게 아니라고요. 어떤 사람이 돼야 하는지, 남들이 생각하는 남들의 버전이 되느라 바쁘다고요. 모리가 묘사한 사람들은, 나뿐만 아니라 내가 아는 무지하게 많은 사람들이었어요. 그가 맞는 것 같아요. 마지막에 가서야 우리는 이러죠. "와, 설마 이렇다고?"

미치 앨봄 | 《모리와 함께한 화요일》 《천국에서 만난 다섯 사람》 등을 쓴 베스트셀러 작가

있는 그대로 이해받는 건 사랑을 뛰어넘어요

같은 성별인 우리 부부는 동등한 사랑을 하고 있어요. 나는 그녀를 사랑하고 그녀도 날 사랑합니다. 우리는 서로를 존중해요. 서로에게 친절하고 상냥하죠. 누군가가 말했듯, 사랑받는 건 멋진 일이에요. 하지만 이해받는 건 심대한 일입니다.

엘렌 드제너러스 | 코미디언, 〈엘렌 드제너러스 쇼〉 진행자, 동성혼

잔은 비었을지라도 우리에겐
물병이라는 삶이 있어요

오프라 다들 이런 질문 들어보셨죠. "물잔이 반이 비어 있는 걸까, 반이 차 있는 걸까?" 전 답답해서 자책을 하기도 해요. 어쩔 때는 "반이 비어 있는 게 틀림없어"라고 했다가 또 어쩔 때는 "반이 차 있네"라고 하니까요. 그런데 당신 말은, 만약 근처에 물병이 있다면 그게 무슨 상관이냐는 거죠? 정말 마음에 들어요. 그러니까 잔이 반이 빈 거든 반이 찬 거든 상관이 없다는 거죠?

숀 아처 맞아요. 우리는 잔에만 초점을 맞추고 있어요. 반이 비었느냐 반이 찼느냐로 낙관론자와 비관론자가 죽을 때까지 싸울 수도 있을 거예요. 양쪽 다 상대편이 현실적이지 않다고 주장할 수 있겠죠. 그러나 더 큰 숲을 본다면 문제될 게 없어요. 잔 바로 옆에 물병이 있다는 걸 본다면요.

오프라 삶이 바로 물병인 거죠.

숀 아처 삶이 물병이에요. 그런데 한 가지 요소에만 너무 몰두해 있으면 그 물병을 놓치게 되죠. 옆에 물병이 있는데 잔이 반이 비었든 반이 찼든 무슨 상관이겠어요. 가득 찬 병을 보려면 큰 그림을 볼 필요가 있어요.

숀 아처 | 하버드대학교 행복 연구원, 《빅 포텐셜》의 작가

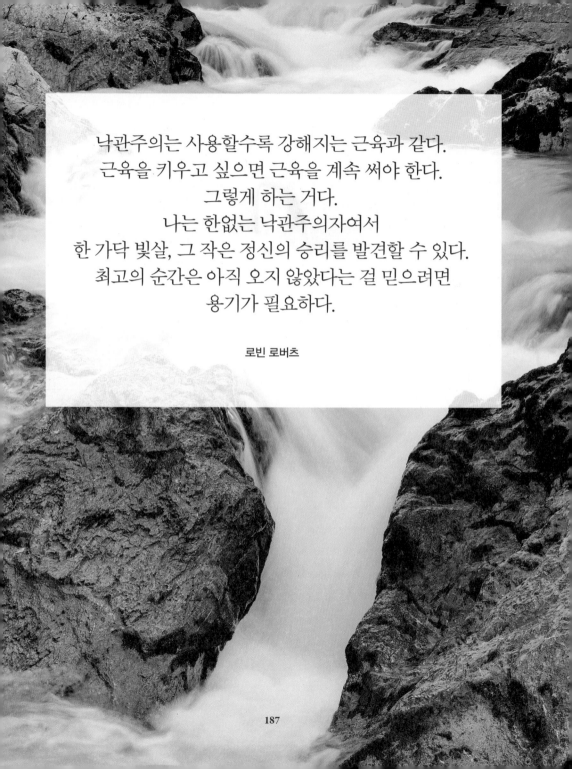

낙관주의는 사용할수록 강해지는 근육과 같다.
근육을 키우고 싶으면 근육을 계속 써야 한다.
그렇게 하는 거다.
나는 한없는 낙관주의자여서
한 가닥 빛살, 그 작은 정신의 승리를 발견할 수 있다.
최고의 순간은 아직 오지 않았다는 걸 믿으려면
용기가 필요하다.

로빈 로버츠

나는 나를 믿어요

나는 우리가 우리에게 가능한 그 모든 것이 되기 위한 깊은 목적을 갖고 이곳에 있다고 믿어요. 나는 우리가 궁극적으로 올바른 방향을 향하고 있다고 믿어요. 나는 우리에게 충분한 스트레스, 위기, 복합성, 의식이 주어졌다고 믿어요. 우리가 상상을 뛰어넘는 일들을 할 수 있도록 말이에요. 우리의 열망보다 크고, 우리의 꿈을 합친 것보다 복합적인 것들이죠. 나는 사랑을 믿어요. 나는 당신을 믿어요. 나는 나를 믿어요. 나는 지금을 믿어요. 인류 역사상 가장 강력한 이 순간을.

진 휴스턴 | 심리학 박사, 인류학자, 철학자

절대로 늦지 않았습니다

나는 살면서 많은 일들을 했어요. 내 삶에는 다양한 측면들이 있죠. 나는 의도적으로 매우 신중하게 내 삶에 대해 되돌아봤어요. 왜 특정한 일들이 벌어지는지, 그것이 무얼 의미하는지도요. 나는 완전히 하나가 되는 게 목표임을 알았습니다. 나 자신과 사이좋게 사는 것, 그것이 목표죠. 내일 당장 죽고 싶은 마음은 없지만, 만약 그렇게 된다면 난 행복하게 퇴장할 거예요. 나는 내게 주어진 능력을 최대한 쓰려고 열심히 일했거든요. 교훈은 이거예요. 절대로 늦지 않았다는 것.

제인 폰다 | 아카데미 수상 배우, 작가, 피트니스 전문가

안다는 건 착각이에요, 힘을 빼세요, 즐기세요

오프라 꼭 《오즈의 마법사》에서 사악한 서쪽 마녀가 도로시에게 다가가려는 순간 같아요. 그러자 글린다가 말하죠. "오, 집어치워! 넌 여기서 아무 힘도 없어. 저리 가!" 그 선량함과 환함이 너무도 커서 사악한 서쪽 마녀는 그 영토에서 어떤 마법도 휘두르지 못해요.

게리 주커브 맞아요. 우주는 선과 악, 더 좋은 선과 더 나쁜 악, 성공과 실패의 이분법으로 보지 않아요. 우주는 제약과 기회의 차원으로 보지요. 내 성격엔 다양한 측면이 있지만 그중 착한 부분을 고양하면 고양할수록 더 많은 기회를 갖게 되는 거죠. 두려움의 지배를 더 많이 받을수록 더 많은 제약을 받게 되는 거고요. 왜냐하면, 실패가 뭐죠? 실패가 뭔지 우리는 도저히 알 수 없어요. 알 수 없고말고요.

오프라 안다고 생각하는 사람들도 있죠?

게리 대부분은 안다고 착각하죠. 하지만 그건 자신의 인생이 어떠해야 하는지, 자신이 무엇이 돼야 하는지를 잣대질하고 있기 때문이에요. 자기 딴엔 어떠어떠한 게 성공이라고 생각하는 거예요. 하지만 뭐가 성공이고 실패인지를 누가 말할 수 있겠어요? 최선을 다하세요. 믿으세요. 힘을 빼세요. 즐기세요.

게리 주커브 | 영성 분야의 대가이자 《영혼의 의자》의 작가. '영혼의 의자 연구소' 설립자

당신에게 자신감을 주고
연결감을 느끼게 하고
만족을 주는 것을 가꿔나가기를.
당신을 만나기 위해 기회가
다가올 것이다.

— *Oprah* —

이토록 단순하고 명확한 삶

〈오프라 윈프리 쇼〉에서 가장 의미 있었던 경험 중 하나는 쇼가 가만히 정지된 것 같은 때 일어났어요. 무대 위에 달랑 사람 한 명 서서 너무도 내밀한 일화를 들려주는 바람에, 숨을 참고 들어야 했죠.

몇 년 전, 다 큰 아들을 오랜 투병 끝에 떠나보내고 슬픔에 잠긴 한 어머니가 출연했을 때였어요. 그녀가 너무도 아름답게 아들과의 마지막 순간을 회상해주었을 때, 스튜디오에는 바늘이 떨어지는 소리도 들릴 만큼 정적이 감돌았답니다. 어머니는 아들과 함께 침대 위에 있었대요. 아들의 말이 들리질 않아서, 아들 가슴팍에 머리를 대고 있었죠. 마지막 숨을 쉬면서 아들이 속삭였대요. "엄마, 그냥 너무 단순해요. 너무 단순해요, 엄마."

그러고는 눈을 감았죠.

듣자마자 소름이 돋더군요. 지금도 내게 울림을 주는 한 가지를 그 순간 깨달았어요. 우리는 삶을 너무 복잡하게 만들어요. 실은 지극히 단순한데 말이죠.

그날 이후로 난 수시로 자문하기로 다짐했답니다. 내가 혹시 필요 이상 일을 어렵게 만들고 있진 않은가? 이 질문에 대한 답이 바로 당신이 길 위에 내디딜 다음 발걸음입니다. 그렇게나 단순해요. 저 커브만 지나면 무엇이 기다리고 있을지 상상해보세요.

보이시나요? 저는 보이네요.

사랑을 담아,
오프라

인물 소개 | CONTRIBUTORS

가브리엘 번스타인(Gabrielle Bernstein)

세계적인 강연가로 '차세대 사상 지도자'로 불려왔다. 〈뉴욕타임스〉 베스트셀러 1위에 오른《우주에는 기적의 에너지가 있다》를 비롯해 7권의 베스트셀러를 썼다. 2019년 9월, 일곱 번째 책《Super Attractor》를 출간했다.

게리 주커브(Gary Zukav)

영성 분야의 대가이자 연속 4권의 저서가 〈뉴욕타임스〉 베스트셀러에 오른 작가. 대표작《영혼의 의자》로 성격과 영혼의 정렬을 인생의 완성으로 인식하게 하는 길을 이끌었다. 이 책은 〈뉴욕타임스〉 베스트셀러 목록에 3년간 머물렀으며 31주간 1위를 차지했다. 아내이자 영적 동반자인 린다 프랜시스(Linda Francis)와 함께 영혼의 의자 연구소(Seat of the Soul Institute)를 설립, 사람들이 진정한 힘을 창출할 수 있도록 헌신하고 있다.

골디 혼(Goldie Hawn)

아카데미 수상 배우, 감독, 제작자. 최근 출연작은 2017년 〈스내치드〉다. 2003년엔 비영리단체 Hawn Foundation을 설립, 웰빙 전략을 통해 학업 성취도를 높이는 청소년 교육 과정을 운영하고 있다.

글레넌 도일(Glennon Doyle)

〈뉴욕타임스〉 베스트셀러 1위이자 오프라 윈프리 북클럽 선정 도서인《Love Warrior》와 역시 베스트셀러인《Carry On, Warrior》의 저자. 저명한 강연가이자 인기 블로그 Momastery의 운영자다. 또한 집단상처를 집단행동으로 바꾸는 비영리단체 Together Rising의 설립자이자 회장으로, 위기에 빠진 사람들을 위한 모금 및 배정 실적이 1,400만 달러가 넘는다.

글로리아 스타이넘(Gloria Steinem)

작가, 강연가, 정치활동가, 여성운동가, 〈뉴욕〉과 페미니스트 잡지 〈미즈〉 공동창간인이자 편집자문. HBO 채널의 아동학대 다큐멘터리, 라이프타임 채널의 사형제도 관련 영화, 8개국의 여성 폭력을 다룬 바이스랜드 채널 다큐멘터리 시리즈 〈Woman〉을 제작했다. 그녀의 업적은 캐롤린 하일브런(Carolyn Heilbrun)의 평전《글로리아 스타이넘》과 HBO 다큐멘터리 〈Gloria : In Her Own Words〉로 기록되었다. 베스트셀러《길 위의 인생》《셀프 혁명》《일상의 반란》《Moving Beyond Words》《Marilyn : Norman Jean》 등을 썼다. 남아프리카와 브라질, 미국의 인종주의 패턴을 비교한 3년짜리 프로그램 Beyond Racism Initiative의 일원이었다. 비영리단체 The Women's Media Center, Equality

Now, 국제기금 Donor Direct Action 공동설립자이자 이사이며, 성폭력에 대응하는 세계적인 Time's Up 운동 고문이다. 2013년 오바마로부터 대통령 자유의 메달을 받았다.

네이트 버커스(Nate Berkus)

24세에 디자인 회사를 세워 각종 상을 수상한 유명 인테리어 디자이너. 접근 가능하면서도 품격 있는 디자인 철학으로 전 세계 수많은 공간을 변모시켜왔다. 다수의 홈 컬렉션과 TV쇼를 성공적으로 탄생시켰으며, 〈뉴욕타임스〉 선정 베스트셀러 작가이기도 하다.

다니 샤피로(Dani Shapiro)

베스트셀러 작가로 회고록《Still Writing》《Devotion》《Slow Motion》을 펴냈으며《Black & White》《Family History》등 5권의 소설을 출간했다. 그녀의 글은 〈더 뉴요커〉〈엘르〉〈로스앤젤레스타임스〉〈뉴욕타임스〉 북 리뷰와 사설 면에 실렸으며, 라디오 프로그램 〈This American Life〉에 방송되었다. 컬럼비아대학교, 뉴욕대학교, 뉴스쿨, 웨슬리언대학교에서 작문 강의를 했고, 세계적인 여행잡지 〈Conde Nast Traveler〉 객원 편집자다. 최근작은 회고록《Inheritance : A Memoir of Genealogy, Paternity, and Love》다.

대니얼 핑크(Daniel Pink)

〈뉴욕타임스〉 베스트셀러《새로운 미래가 온다》《파는 것이 인간이다》등 5권의 책을 냈다. 〈뉴욕타임스〉〈하버드 비즈니스 리뷰〉〈더 뉴 리퍼블릭〉〈슬레이트〉에 기사와 칼럼을 썼으며, 동기부여의 과학에 관한 그의 TED 강연은 최다 조회 수를 기록한 10위 안에 든다.

데번 프랭클린(Devon Franklin)

영화 및 TV 제작자, 베스트셀러 작가, 목회자. 멀티미디어 업체 프랭클린 엔터테인먼트 대표이자 CEO. 2019년 부활절에 개봉한 실화 바탕의 영화 〈기적의 소년〉을 제작했다.《The Truth About Men》《The Hollywood Commandments》《Produced By Faith》를 썼고, 아내인 배우 메건 굿과 함께 〈뉴욕타임스〉 베스트셀러《The Wait》를 썼다.

데비 포드(Debbie Ford)

인간의 어두운 면에 대한 연구를 현대의 심리적 수련에 접목시킨 개척자.《혼자 걷다》《착하다는 사람이 왜 나쁜 짓 할까?》《The 21-Day Consciousness Cleanse》, 그리고 〈뉴욕타임스〉 베스트셀러인《그림자 그리고》등 2013년 사망 전까지 10권의 책을 썼다.

데이비드 브룩스(David Brooks)

〈뉴욕타임스〉 칼럼니스트이자 PBS 〈News Hour〉, NBC 〈Meet the Press〉 시사평론가. 베스트셀러《인간의 품격》《소셜 애니멀》《보보스》 등을 썼다.

데이비드 스타인들-라스트(David Steindal-Rast)

가톨릭 베네딕트회 수사로, 종교 간 대화에 적극적으로 참여하고 영성과 과학의 상호작용에 관한 연구로 유명하다. Network for Grateful Living에서 운영하는 온라인 커뮤니티 Gratefulness.org 공동설립자이며 《Gratefulness, The Heart of Prayer》《Deeper Than Words》 저자다. 최근작으로 일반 독자를 위한 기도집 《99 Blessings》가 있다.

디팩 초프라(Deepack Chopra)

심신통합의학과 개인 변화 분야의 개척자. 초프라재단을 설립하고 Jiyo.com과 초프라 웰빙센터를 공동설립했다. 다수의 〈뉴욕타임스〉 베스트셀러를 포함해 86권의 책을 저술했으며 최근작은 《The Healing Self : A Revolutionary New Plan to Supercharge Your Immunity and Stay Well for Life》이다.

로빈 로버츠(Robin Roberts)

2005년부터 ABC 채널의 간판 아침 프로 〈굿모닝 아메리카〉 공동앵커를 맡고 있다. 그녀가 진행하는 동안 이 프로그램은 4개의 에미상과 2017년 피플스 초이스 상(최우수 데이타임 TV 호스트 팀 부문)을 수상했다. 제작사 Rock'n Robin Productions를 설립해 ABC 등의 채널에 오리지널 방송 및 디지털 프로그램을 납품하고 있다. 《From the Heart : Seven Rules to Live By》와 회고록 《Everybody's Got Something》을 저술했다.

롭 벨(Rob Bell)

〈뉴욕타임스〉 선정 베스트셀러 《Love Wins》 《What We Talk About When We Talk About God》과 아내 크리스틴(Kristen)과 함께 쓴 《The Zimzum of Love》 등의 저서가 있다. 최근작으로는 《What is the Bible?》이 있다. 팟캐스트 〈The RobCast〉의 진행자이며, 2014년엔 오프라 윈프리의 토크콘서트 〈Life You Want〉 투어에 특별 연사로 출연했다.

루폴 찰스(Rupaul Charles)

미국에서 가장 상업적으로 성공한 드래그 퀸으로 평가받는다. 2017년 〈타임〉 선정 세계에서 가장 영향력 있는 인물 100인이기도 했다. 2009년부터 리얼리티 서바이벌 TV 시리즈 〈RuPaul's Drag Race〉를 연출하고 진행했으며, 이를 통해 프라임타임 에미상 4관왕에 올랐다. 2권의 책을 쓰고 〈Glamazon〉(2011), 〈Born Naked〉(2014), 〈American〉(2017) 등 14장의 앨범을 냈다.

리처드 로어(Richard Rohr)

초교파적 스승, 뉴멕시코 주의 Center for Action and Contemplation 설립자. 그의 가르침은 소외된 자에 대한 연민으로 표현되는 사색과 자기 비움을 바탕으로 한다. 다수의 책을 저술했으며, 최근작은 《The Divine Dance : The Trinity and Your Transformation》이다.

린 마누엘 미란다(Lin-Manuel Miranda)

작곡가, 작사가, 극작가, 배우. 브로드웨이 뮤지컬 〈해밀턴〉과 〈인 더 하이츠〉 기획과 출연으로 가장 잘 알려져 있다. 디즈니 애니메이션 〈모아나〉의 사운드트랙 수록곡들을 공동작곡했다. 퓰리처상 1개, 그래미상 3개, 에미상과 맥아더상 각 1개, 토니상 3개를 포함해 다수의 상을 수상했다.

린 트위스트(Lynne Twist)

40년 이상 빈곤 퇴치, 사회 정의, 환경 보호에 전념해왔다. 대표 저서 《돈 걱정 없이 행복하게 꿈을 이루는 법》은 호평 속에 2017년 4월 재출간 됐다.

마이클 버나드 벡위스(Michael Bernard Beckwith)

수천 명이 소속된 캘리포니아 기반 초교파 단체 Agape International Spiritual Center 설립자. 인기 명상 지도자, 강연가, 세미나 지도자로서 다수의 저서를 통해 그가 정립한 변화 지향적 'Life Visioning Process'에 집중하고 있다. 《Spiritual Liberation and Life Visioning : A Transformative Process for Activating Your Unique Gifts and Highest Potential》을 비롯해 여러 권의 베스트셀러를 썼다.

마이클 싱어(Michael Singer)

〈뉴욕타임스〉 베스트셀러 1위에 오른 《상처 받지 않는 영혼》과 《한 발짝 밖에 자유가 있다》의 저자. 1975년에 명상요가센터 Temple of the Universe를 세웠다. 병원관리업계를 변화시킨 첨단 소프트웨어 패키지 창시자이기도 하다. 〈뉴욕타임스〉 베스트셀러 《될 일은 된다》가 최근작이다.

마크 네포(Mark Nepo)

시인이자 철학자로서 40년 이상 시, 영성, 내면의 여정에 대해 가르쳐왔다. 〈뉴욕타임스〉 베스트셀러 1위에 오른 《고요함이 들려주는 것들》의 저자로 가장 잘 알려져 있다. 최근작으로 《More Together Than Alone》《The Way Under the Way》《Things That Join the Sea and the Sky : Field Notes on Living》이 있다.

메건 굿(Meagan Good)

영화 〈몬스터 헌터〉 주연배우, 제작자, 〈뉴욕타임스〉 베스트셀러 《The Wait》의 공저자. 현재 영화감독 데뷔작 〈If Not Now When〉을 작업 중이다. 영화 〈인트루더〉와 리 대니얼스(Lee Daniels) 각본의 FOX 채널 드라마 〈Star〉에 출연했다. 2018년 선댄스영화제에서 공개된 〈A Boy, A Girl, A Dream : Love On Election Night〉의 총제작을 맡기도 했다. Greater Good Foundation의 공동설립자로서 여성은 자신이 선택한 건 무엇이든 실천하고 성취할 수 있다는 점을 끊임없이 증명하고 있다.

메리앤 윌리엄슨(Marianne Williamson)

세계적으로 저명한 작가이자 강연가. 저서 12권 중 7권이 〈뉴욕타임스〉 베스트셀러이며 그

중 4권은 1위에 올랐다. 대표작《사랑의 기적》은 신영성 분야의 필독서로 평가된다. 최근작으로는《The Twentieth Anniversary Edition of Healing the Soul of America》《A Politics of Love : A Handbook for a New American Revolution》이 있다. 1989년에 LA의 에이즈 환자들을 위한 급식 프로그램 Project Angel Food를 설립하고, 2004년엔 평화단체 Peace Alliance를 공동설립했다.

미치 앨봄(Mitch Albom)

《모리와 함께한 일요일》《천국에서 만난 다섯 사람》 등 세계적 베스트셀러를 쓴 작가. 저널리스트이자 극작가, 방송 진행자이기도 하다. 그의 책들은 전 세계에서 3,500만 부 이상 팔렸으며 45개 언어로 번역됐다. 에미상 수상작을 포함해 평단의 호평을 받은 TV 영화들로 제작되기도 했다.

민디 캘링(Mindy Kaling)

배우, 작가, 감독, 제작자. 2012~2017년 홀루 채널의 로맨틱 코미디 드라마 시리즈〈민디 프로젝트〉를 기획, 제작하고 출연했다. 이전에는 평단의 호평을 받으며 에미상을 수상한 NBC 드라마〈더 오피스〉로 유명했다. 그녀는 이 드라마의 감독과 제작을 겸하며 연예인에 집착하는 주인공 켈리 역을 연기했을 뿐 아니라 26편의 에피소드를 직접 쓰기도 했다. 에미상에서 각본상 후보에 오른 첫 유색인 여성이 되었다. 오스카상 수상작인〈인사이드 아웃〉 등 다수의 블록버스터 애니메이션 영화에서 목소리 연기도 했다. 최근에는 디즈니의〈시간의 주름〉과 화려한 캐스팅을 자랑하는〈오션스 8〉에 참여했다. 그녀의 책《Is Everyone Hanging Out Without Me?》와《Why Not Me?》는〈뉴욕타임스〉 베스트셀러가 되었다.

바버라 브라운 테일러(Barbara Brown Taylor)

작가, 선생님, 성공회교 사제.〈뉴욕타임스〉 베스트셀러《세상의 모든 기도》《어둠 속을 걷는 법》《Leaving Church》와 최근작《Holy Envy : Finding God in the Faith of Others》등 14권의 책을 저술했다. 남편 에드(Ed)와 조지아 북동부 농장에 산다.

브라이언 그레이저(Brian Grazer)

오스카상, 에미상, 골든글로브상, 그래미상을 수상한 TV와 영화 제작자. 그가 제작한〈뷰티풀 마인드〉는 2002년 아카데미 작품상을 수상했다. 2015년에는 그의 작품에 영감을 준 각계각층 인물들과의 대화집《큐리어스 마인드》가〈뉴욕타임스〉 베스트셀러에 올랐다.

브라이언 스티븐슨(Bryan Stevenson)

변호사, 사회운동가, 강연가, 비영리 법률사무소 Equal Justice Initiative 설립자 겸 대표, 뉴욕대학교 로스쿨 겸임교수. 저서《월터가 나에게 가르쳐 준 것》은 평단의 호평을 받으며 2014년〈타임〉 선정 비소설 부문 10대 도서에 올랐다.

브레네 브라운(Brene Brown)

휴스턴대학교 연구교수이자 사회복지대학원의 허핑턴-브레네 브라운 석좌교수. 지난 20년간 용기, 취약성, 수치심, 동정심을 연구해왔으며, 〈뉴욕타임스〉 베스트셀러 1위에 오른 《나는 불완전한 나를 사랑한다》《마음가면》《수치심 권하는 사회》《라이징 스트롱》《진정한 나로 살아갈 용기》를 썼다. 2018년 10월엔《리더의 용기》를 출간했다. 그녀의 TED 강연 〈취약성의 힘(The Power of Vulnerability)〉은 조회 수가 3,500만에 달하는 전 세계 5대 TED 강연 중 하나다.

사라 밴 브레스낙(Sarah Ban Breathnach)

베스트셀러 작가, 자선사업가, 연설가. 13권의 저서 가운데 《혼자 사는 즐거움 : 누구와도 함께할 수 없는 나만의 행복 찾기》는 500만 부 이상 판매됐으며, 〈뉴욕타임스〉 베스트셀러 목록에 2년 넘게 머물렀다.《혼자 사는 즐거움》은 21세기에 맞게 업데이트된 개정판이 출간을 앞두고 있다.《Peace and Plenty : Finding Your Path to Financial Serenity》의 저자이기도 하다.

쇼나 니퀴스트(Shauna Niequist)

《반짝이는 날들》《괜찮아, 다 잘하지 않아도》《순간순간 음미하라》《Bread & Wine》《Present over Perfect》 등을 쓴 〈뉴욕타임스〉 베스트셀러 작가다.

숀 아처(Shawn Achor)

하버드대학교 행복 연구원, 저술가, 강연가. 〈뉴욕타임스〉 선정 베스트셀러 《행복을 선택한 사람들》《행복의 특권》 저자. 2007년 GoodThink Inc.를 설립했으며 이후 아내 미셸 길란(Michelle Gielan)과 함께 Institute for Applied Positive Research를 설립했다. 최근 저서로《빅 포텐셜》이 있다.

숀다 라임스(Shonda Rhimes)

TV 시리즈 〈그레이 아나토미〉〈스캔들〉 기획자. 드라마 〈범죄의 재구성〉〈포 더 피플〉〈스테이션 19〉 제작사 숀다랜드(Shondaland) 창립자. 골든글로브상, 피바디상을 수상했으며 전미 감독조합, 작가조합, 프로듀서조합에서 수여하는 평생공로상을 포함해 수많은 영예를 안았다. 텔레비전예술과학아카데미 명예의 전당에도 입성했다. 2017년 넷플릭스와 맺은 파격적인 전속계약으로 숀다랜드는 넷플릭스 독점 콘텐츠를 제작한다. 〈뉴욕타임스〉 베스트셀러 《1년만 나를 사랑하기로 결심했다》의 저자이기도 하다.

수 몽크 키드(Sue Monk Kidd)

처녀작《벌들의 비밀생활》은 〈뉴욕타임스〉 베스트셀러 목록에 2년 반 이상 머물렀으며 영화로도 제작됐다.《날개의 발명》 역시 〈뉴욕타임스〉 베스트셀러 1위에 올랐으며 오프라 북클럽 2.0에 선정됐다. 이 책은 2014년 아마존에 가장 많이 팔린 소설이기도 하다.

셰릴 스트레이드(Cheryl Strayed)

성공적으로 영화화돼 주인공 역 리즈 위더스푼을 오스카상 후보에 오르게 했으며 〈뉴욕타임스〉 1위 베스트셀러이자 오프라 북클럽 선정 도서인 《와일드》 저자. 〈뉴욕타임스〉 베스트셀러 《안녕, 누구나의 인생》《그래, 지금까지 잘 왔다》와 소설 《Torch》도 썼다. 인기 있는 고민 상담 팟캐스트 Dear Sugar Radio 공동진행자이기도 하다. 그녀가 쓴 글들은 수필집 《The Best American Essays》를 비롯해 〈뉴욕타임스〉 〈워싱턴 포스트 매거진〉 〈보그〉 등에 게재됐다.

셰팔리 차바리(Shefali Tsabary)

〈뉴욕타임스〉 베스트셀러 《아이만큼 자라는 부모》《The Conscious Parent》를 쓴 작가. 임상심리학 박사로서 동양의 마음챙김과 서양의 심리학을 융합해 환자들을 돌본다. 우리의 자녀 양육 방식을 혁신함으로써 세상을 치유하는 것이 인생의 소명이다.

스티븐 콜베어(Stephen Colbert)

에미상 후보작였던 심야 토크쇼 〈The Late Show with Stephen Colbert〉 진행자. 코미디 센트럴 채널의 정치 풍자 뉴스 〈더 데일리 쇼〉에서 8년간 기자 역할로 활약한 후 2005~2014년 같은 채널에서 〈콜베어 리포트〉를 진행했다. 이 프로그램은 피바디상, 그래미상, 에미상을 수상했다. 4권의 책을 썼고 최근작은 《Stephen Colbert's Midnight Confessions》이다.

스티븐 프레스필드(Steven Pressfield)

《불의 문》《최고의 나를 꺼내라!》《Tides of War》《Last of the Amazons》《The Profession》《The Lion's Gate》《The Warrior Ethos》《The Authentic Swing》 등 다수의 책을 썼다. 처녀작 《배거 밴스의 전설》은 영화로도 제작됐다.

스티비 닉스(Stevie Nicks)

그룹 플리트우드 맥(Fleetwood mac)의 멤버이자 솔로 아티스트. Top 50 히트곡을 40곡 이상 보유, 1억 4천만 장 이상의 음반을 판매했다. 솔로 아티스트로서 그래미상 8개 부문, 아메리칸 뮤직 어워드 2개 부문에 후보로 올랐다. 플리트우드 맥 활동으로는 그래미 등 수많은 상을 수상했다. 그녀의 Stevie Nicks' Band of Soldiers 재단은 부상당한 군인들을 돕는다.

시드니 포이티어(Sidney Poitier)

배우, 영화감독, 작가, 외교관. 1964년 영화 〈들백합〉으로 아카데미상 남우주연상을 수상한 최초의 흑인 배우가 됐다. 2002년엔 "예술가이자 인간으로서 뛰어난 공헌"을 인정받아 영화예술과학아카데미가 수여하는 아카데미 명예상을 받았다. 2009년 8월 12일에는 대통령 자유의 메달을 수상했다.

시실리 타이슨(Cicely Tyson)

아카데미상과 골든글로브상 여우주연상 후보에 올랐으며, 2018년 아카데미 명예상을 수상했고, 프라임타임 에미상, 토니상, 배우조합상을 수상했다. 흑인인권단체 NAACP의 가장 영예로운 Springarn 메달을 받았다. 2016년에는 미국 최고의 시민상인 대통령 자유의 메달을 받았다.

신디 크로포드(Cindy Crawford)

〈보그〉〈엘르〉〈W〉〈하퍼스 바자〉〈코스모폴리탄〉〈얼루어〉 등 1천 권이 넘는 잡지의 커버를 장식한 모델이자 배우. 2005년 장-루이 세박(Jean-Louis Sebagh) 박사와 함께 미용제품 유통업체 거시 렝커(Guthy-Renker)의 화장품 브랜드 미닝풀 뷰티(Meaningful Beauty)를 론칭했다. 그녀의 삶과 커리어에 대한 자서전《Becoming》[사업 파트너 캐서린 오레어리(Katherine O'Leary)와 공저]은 2015년 9월 출간되어 〈뉴욕타임스〉 베스트셀러가 되었다.

아디야샨티(Adyashanti)

영성 지도자, 작가. 국내외에서 온라인 교육과 강연회, 수련회 진행. 아내 무크티(Mukti)와 함께 비영리 재단 Open Gate Sangha Inc.를 설립해 자신의 가르침을 전파하고 있다. 베스트셀러로《해탈의 길》《예수 부활시키기》《은총에 빠지다》《깨어남에서 깨달음까지》가 있다.

앨라니스 모리셋(Alanis Morissette)

전 세계에서 6천만 장 이상의 앨범이 팔렸고, 그래미상을 7번 수상하고 골든글로브상에도 노미네이트됐으며, 2015년 캐나다 음악 명예의 전당에 헌액됐다. 팟캐스트 〈Conversation with Alanis Morissette〉 진행자이기도 하다. 사회운동가로서 UN 국제관용상을 받았다. 여성과 아동을 위한 Equality Now, 쓰나미 희생자들을 위한 Music for Relief, 산모 건강을 돕는 Every Mother Counts의 컴필레이션 음반, 소외 계층 예술교육을 지원하는 캘리포니아 P. S. Arts 기금 마련 등을 위해 시간을 바치고 있다.

에드 베이컨(Ed Bacon)

성공회교 사제, 《8 Habits of Love : Overcome Fear and Transform Your Life》의 저자. 미 서부권 최대의 성공회 교회 LA All Saints Church에서 21년간 수석 사제를 맡았다. 성소수자들의 정당성과 결혼을 지지하며, 모든 형태의 사회적 편견 타파를 주장한다. 이종교 간 협력의 지도자로서, 사랑 속의 하나됨이 두려움 속의 분리됨을 극복한다고 가르친다. 또한 지상 최대의 유기체로서 모든 생명체의 연결성을 상징하는 유타 주의 판도(Pando, 숲으로 보이지만 한 그루의 나무인) 보호활동도 진행하고 있다.

에이미 퍼디(Amy Purdy)

세계 최고의 여성 스노보더 중 하나. 장애인 스노보드 월드컵에서 세 차례 금메달을 땄고, 2014년과 2018년 장애인올림픽에서 동메달과 은메달을 기록했다. 비영리단체 Adaptive Action Sports 설립자로, 신체에 장애가 있는 청년들과 부상당한 퇴역 군인들이 극한 스포츠에 참여할 수 있도록 돕고 있다. 2014년에 출간된 회고록 《스노보드 위의 댄서》는 〈뉴욕타임스〉베스트셀러에 올랐다.

에크하르트 톨레(Eckhart Tolle)

독일에서 태어나 런던대학교와 캠브리지대학교에서 수학한 영성 지도자, 작가. 〈뉴욕타임스〉베스트셀러 1위에 오른《지금 이 순간을 살아라》와 평단의 찬사를 받은 후속작《삶으로 다시 떠오르기》는 가장 영향력 있는 영성 관련 책으로 평가받는다.

엘렌 드제너러스(Ellen DeGeneres)

코미디언, TV 진행자, 배우, 작가, 제작자. 1994~1998년 그녀의 이름을 딴 시트콤 〈엘렌〉에 출연했으며 2003년부터 〈엘렌 드제너러스 쇼〉를 진행하고 있다. 아카데미 시상식, 그래미 시상식, 프라임타임 에미 시상식의 사회자를 도맡았다. 음반사 Eleveneleven을 설립하고, 라이프스타일 브랜드 ED Ellen DeGeneres 론칭했다. 제작사 A Very Good Production도 운영하고 있다. 4권의 책을 집필했으며 방송과 자선 활동으로 30개의 에미상, 20개의 피플스 초이스상 등 수많은 상을 받았다. 2016년엔 대통령 자유의 메달을 수상했다.

엘리자베스 길버트(Elizabeth Gilbert)

2006년에 출간한 회고록《먹고 기도하고 사랑하라》는 30여 개 언어로 번역돼 1천만 부 이상이 팔렸으며, 이 책으로 인해 삶의 목적에 대한 전 지구적 담화가 촉발됐다. 이후로도《결혼해도 괜찮아》등 여러 권의 베스트셀러를 썼다. 최근

작으로는《빅매직》이 있다. 성장과 행복에 관한 자전적 경험과 통찰을 나누는 강연가로 인기가 높다.

엘리자베스 레서(Elizabeth Lesser)

건강, 웰빙, 영성, 창의성에 주력하는 미국 최대의 성인교육센터 오메가연구소(Omega In-xstitute) 공동설립자이자 수석고문. 〈뉴욕타임스〉의 베스트셀러《부서져야 일어서는 인생이다》의 저자. 골수이식 경험을 담은 회고록《Marrow : Love, Loss, and What Matters Most》이 최근작이다.

웨스 무어(Wes Moore)

로즈 장학생, 육군 참전용사, 기업가, 〈뉴욕타임스〉베스트셀러《The Other Wes Moore》《The Work》저자, 미국 최대 빈곤퇴치단체 Robin Hood CEO. 젊은 학자들에게 성공의 기회를 제공하고자 BridgeEdU를 설립했다.

웨인 다이어(Wayne Dyer)

40년 동안 40권이 넘는 책을 썼다. 그중 21권이 〈뉴욕타임스〉베스트셀러며《행복한 이기주의자》는 3,500만 부가 판매됐다. 2015년 사망 전까지 책뿐 아니라 강연회와 오디오 테이프 시리즈, PBS 프로그램 등을 통해 메시지를 전파했다.

윈틀리 핍스(Wintley Phipps)

25장 이상의 앨범을 낸 보컬리스트, 목사, 동기부

여 강사, 《Your Best Destiny : Becoming the Person You Were Created to Be》의 저자. 방과 후 프로그램 U. S. Dream Academy 설립자이자 대표로, 범죄 세습의 고리를 깨기 위해 아이들에게 생산적이고 보람 있는 삶을 이끄는 데 필요한 기술과 비전을 심어주고 있다.

윌리엄 폴 영(William Paul Young)

2017년에 영화로도 제작된 〈뉴욕타임스〉 베스트셀러 1위 《오두막》의 저자. 《갈림길》 《이브》 《Lies We Believe About God》 등을 집필했다.

이얀라 반젠트(Iyanla Vanzant)

가장 영향력 있고 존경받는 강연가이자 영성 생활 코치 가운데 하나. OWN 채널 TV 시리즈 〈Iyanla : Fix My Life〉의 총제작자이자 진행자로서, 전 세계 수백만 시청자에게 영감을 주었다. 〈뉴욕타임스〉 베스트셀러 6권을 포함해 19권의 저서가 23개 이상의 언어로 번역됐다.

인디아 아리(India Arie)

가수, 배우. 그래미상 4관왕에 빛나는 싱어송라이터로 전 세계에서 1천만 장 이상의 앨범이 판매됐다.

재닛 모크(Janet Mock)

작가, 감독, 인권운동가, 다양한 플랫폼을 가진 스토리텔러. 〈뉴욕타임스〉 베스트셀러 작가로 회고록 《Redefining Realness》와 《Surpassing Uncertainty》를 썼고, 팟캐스트 시리즈 〈Never Before with Janet Mock〉의 진행자다. 평단의 호평을 받은 FX 채널의 〈포즈〉를 통해 TV 시리즈를 쓰고, 제작하고, 감독한 최초의 트랜스젠더 유색인 여성이다.

잭 캔필드(Jack Canfield)

대중적 사랑을 받은 《영혼을 위한 닭고기 수프》 시리즈의 공동저자. 수백만 명에게 자신의 성공 공식을 가르쳐왔으며, 현재는 자신의 콘텐츠와 방법론을 지도할 수 있는 트레이너 자격증 과정을 전 세계에서 진행하고 있다. 베스트셀러 《석세스 프린서플》을 비롯해 150권이 넘는 책을 단독 또는 공동으로 집필했다.

저스틴 팀버레이크(Justin Timberlake)

다재다능한 배우, 음악가. 지금까지 3,200만 장 이상의 앨범을 판매했고, 세계 각지에서 아레나 공연을 매진시켰으며, 가장 존경받는 엔터테이너 가운데 한 명이다. 미국 레코드산업협회(RIAA)에서 쿼드러플 플래티넘(4백만 장) 인증을 받은 〈Can't Stop The Feeling!〉은 빌보드 차트 1위로 데뷔했으며 2016년 미국에서 가장 많이 팔린 싱글이었다. 또한 이 곡으로 그래미 시상식에 열 번째로 참석했으며 아카데미상과 골든글로브상 후보로도 지명되었다. 〈알파독〉 〈사무엘 잭슨의 블랙 스네이크〉 〈슈렉 3〉 등 다양한 영화에 출연했다. 아카데미상 후보에 올랐던 〈소셜 네트워크〉에서 열연해 호평을 받았다. 〈새터데이 나이트 라이브〉 출연으로 에미상을 수상하기도 했다.

제이-지(JAY-Z)

본명 숀 '제이-지' 카터(Shawn 'Jay-Z' Carter). 역대 최다 음반 판매량을 보유한 음악가 중 하나로 5천만 장 이상의 앨범과 7,500만 장 이상의 싱글을 판매했으며, 21개의 그래미상을 수상했다. 힙합 레이블 Def Jam Recordings의 대표였으며, Roc-A-Fella Records 공동설립자, Roc Nation 설립자다. Shawn Carter Foundation을 통해 자선활동을 하고 있다. 재단 장학생들은 미국 1백여 개 고등교육기관에서 공부하고 있다.

제프 와이너(Jeff Weiner)

세계 최대의 전문가 네트워크 링크드인(Linke-dIn)의 前 CEO. 2008년 12월에 합류한 그의 리더십 아래, 직원 수는 338명에서 전 세계 30개 지사 12,000명으로 성장했고, 회원 수는 3,300만 명에서 5억 6천만 명, 수익은 7,800만 달러에서 50억 달러 이상으로 증가했다. 또한 금융 소프트웨어 업체 인튜이트(Intuit)와 온라인 펀딩 플랫폼 DonorsChoose.org, Paley Center for Media 이사이기도 하다. 교육 소프트웨어 스타트업 에버파이(Everfi) 이사로서 미국의 모든 초·중생이 연민을 배울 수 있도록 프로그램을 공동개발 중이다.

제인 폰다(Jane Fonda)

아카데미 여우주연상 2회 수상에 빛나는 배우, 제작자, 작가, 사회운동가, 피트니스 전문가. 50여 년간 45편의 영화에 출연했을 뿐 아니라 여성의 권리, 아메리카 원주민의 권익, 환경 보호 등을 위해 중요한 활동을 펼쳤다. 골든글로브상 3관왕이자 2014년 미국영화연구소(AFI) 평생공로상을 수상했다. 넷플릭스 인기 시리즈 〈그레이스 앤 프랭키〉에 출연 중이며, 이 작품으로 2017년 에미상 코미디 부문 여우주연상 후보에 올랐다. 2018년엔 다큐멘터리 〈제인 폰다 인 파이브 액츠(Jane Fonda in Five Acts)〉가 HBO에서 방영됐다. 팔순 생일을 기념해 그녀의 비영리단체 Georgia Campaign for Adolescent Power & Potential과 여성미디어센터(The Women's Media Center)에 각각 1백만 달러씩을 모금했다.

조 바이든(Joe Biden)

36년간 델라웨어 주 연방 상원의원으로 재직한 뒤 2009~2017년 미국 47대 부통령을 지냈다. 백악관을 떠난 후로 바이든재단, 펜실베이니아대학교 부설 펜 바이든 외교 및 글로벌 참여 센터, 델라웨어대학교 부설 바이든연구소를 설립했다. 회고록으로 《Promises to Keep : On Life and Politics》와 〈뉴욕타임스〉 베스트셀러 1위에 오른 《Promise Me, Dad : A Year of Hope, Hardship, and Purpose》가 있다. 2020년 현재 미국 대선 후보다.

조던 필(Jordan Peele)

작가, 영화감독, 제작자. 코미디 센트럴 채널의 코미디 시리즈 〈키 앤 필〉 공동기획자 및 주연이었다. 이 히트작은 방영 5년 동안 온라인 10억

조회 수를 돌파했으며 피바디상을 수상했다. 감독 데뷔작 〈겟 아웃〉은 감독상, 작품상을 포함해 아카데미상 4개 부문에 후보로 올랐고 각본상을 수상했다.

조앤 치티스터(Joan Chittister)

베네딕트회 수녀로 세계적인 강연가, 상담가, 《모든 일에는 때가 있다》를 비롯해 60권 이상을 저술한 베스트셀러 작가. 45년간 평화, 인권, 여성 문제, 교회 개혁을 위해 열정적으로 일해왔다. 가톨릭 전문지 〈내셔널 가톨릭 리포터〉의 온라인 판 칼럼과 〈허프포스트〉 블로그에 기고하고 있다. 현재 UN 협력단체인 세계평화여성지도자회 공동의장이다.

조엘 오스틴(Joel Osteen)

미국에서 가장 신도가 많은 텍사스 주 휴스턴의 레이크우드교회 담임목사로, 그의 TV 메시지는 미국에서 매주 1천만 명 이상, 전 세계 1백여 국에서는 그 이상이 시청한다. 그의 SiriusXM 위성 라디오 채널과 소셜 미디어의 수백만 팔로워로 인해, 수많은 매체에서 그를 전 세계에서 가장 영향력 있는 기독교 지도자 중 한 명으로 선정했다. 대표작으로 《긍정의 힘》과 《잘 되는 나》와 최근작 《The Power of I Am》《Think Better, Live Better : A Victorious Life Begins in Your Mind》 등 9권이 〈뉴욕타임스〉 베스트셀러에 올랐다.

존 루이스(John Lewis)

민권운동이 한창이던 1963~1966년 학생비폭력조정위원회(SNCC) 의장을 지냈다. 1965년 3월 7일, 호세 윌리엄스(Hosea Williams)와 함께 투표권을 요구하는 6백여 명의 평화 시위대를 이끌고 앨라배마 주 셀마의 에드먼드 페터스(Edmund Pettus) 다리를 건넜다. 당국의 무자비하고 잔인한 대응을 보여준 이때의 뉴스 보도와 사진들은 그해 투표권 법안 통과를 촉진시켰다. 1986년부터 조지아 주 하원의원으로 일했고 이곳에서 그는 '의회의 양심'으로 불렸다. 2010년 대통령 자유의 메달을 수상했다. 역사적인 워싱턴 행진의 연사 10명 중 한 명이기도 했다.

존 본 조비(Jon Bon Jovi)

싱어송라이터, 음악가, 자선사업가, 배우, 남편이자 네 자녀의 아버지. 그래미 수상에 빛나는 밴드 Bon Jovi는 오늘날까지 1억 3천만 장의 앨범을 판매했고 2018년 록앤롤 명예의 전당에 헌액됐다. 사회적 의식이 투철한 아티스트로서, 개인과 가족을 경제적 나락에 빠뜨리는 문제들을 해결하고자 2006년 Jon Bon Jovi Soul Foundation을 설립했다.

존 카밧진(Jon Kabat-Zinn)

의학 박사, 과학자, 작가이자 '마음챙김 명상의 아버지'다. 매사추세츠대학교 의과대학 명예교수로, 이곳에 세계적으로 알려진 마음챙김 기반 스트레스 완화 클리닉(Mindfulness-Based Stress Reduction Clinic)과 마음챙김센터

(Center for Mindfulness in Medicine, Health Care, and Society)를 설립했다. 베스트셀러《왜 마음챙김 명상인가?》《마음챙김 명상과 자기치유》를 비롯해 다수의 책을 썼다.

지미 카터(Jimmy Carter)

1977~1981년 미국 39대 대통령을 지냈다. 1982년 에모리대학교 명예교수가 됐으며, 카터 센터를 설립해 세계 분쟁 해결, 민주주의 증진, 인권 보호, 질병 예방에 힘써왔다. 2002년 노벨 평화상을 수상했다.《지미 카터 : 구순 기념 회고록》을 포함해 29권의 저서를 집필했다.

지미 키멜(Jimmy Kimmel)

에미상을 수상한 ABC 채널의 심야 토크쇼 〈지미 키멜 라이브!〉 진행자이자 총제작자.

진 휴스턴(Jean Houston)

심리학 박사, 인류학자, 철학자, '인간 가능성 운동' 창시자. 역사, 문화, 신과학, 영성, 인간의 발달에 대한 깊은 지식을 가르침에 접목시키는 능력이 특출하다. 30권의 책을 썼으며 과거 UN 자문위원으로 전 세계 지도자들과 지역사회에 자문을 제공했다.

찰스 아이젠스타인(Charles Eisenstein)

문명, 의식, 자본, 인간 문화의 진화 같은 주제에 천착하는 작가이자 강연가. 화제가 된 온라인 단편 영상과 에세이들을 통해 반체제 통합 사상가로 자리매김했다.《신성한 경제학의 시대》《The Ascent of Humanity》《The More Beautiful World Our Hearts Know Is Possible》등의 저자다.

토마스 무어(Thomas Moore)

가톨릭 수사, 음악가, 대학 교수, 심리치료사로 지내왔다. 오늘날엔 전일적 의학, 심리치료, 예술에 관해 폭넓은 강의를 한다. 베스트셀러《영혼의 돌봄》외에도 영혼의 고양에 관한 24권의 책을 썼으며, 최근 저서는《나이 공부》다.

트레버 노아(Trevor Noah)

에미상과 피바디상을 수상한 코미디 센트럴 채널의 〈더 데일리 쇼〉 진행자. 〈더 데일리 쇼〉는 2018년 프라임타임 에미상 3개 부문(최우수 버라이어티 토크 시리즈, 인터액티브 프로그램 쇼트 폼 버라이어티 시리즈)에 후보로 올랐다. 2016년 펴낸 첫 회고록《Born a Crime : Stories from a South African Childhood》는 출간 즉시 〈뉴욕타임스〉 베스트셀러가 되었다. 저술, 제작, 다수의 코미디 프로그램 출연 외에도 5개 대륙에서 진행된 그의 쇼는 매진을 기록하며 성공을 거두었다.

트레이시 맥밀런(Tracy McMillan)

2011년 화제가 된 블로그 게시 글 〈Why You're Not Married〉로 가장 잘 알려져 있다. 이 글은 〈허프포스트〉 기사 가운데 조회 수 1위를 2년간 기록했고, 역대 조회 수 4위를 기록 중이다. 이 글을 바탕으로《당신이 아직 결혼하지 않는 이유》를 썼다. 2015년 출간된 첫 소설 《You'll Know It When You See It》과 회고록 《I Love You and I'm Leaving You Anyway》의 저자이기도 하다.

트레이시 모건(Tracy Morgan)

배우, 코미디언. 〈새터데이 나이트 라이브〉의 8개 시즌에 출연한 멤버이자 에미상을 수상한 TV 시트콤 〈30 Rock〉의 조연으로 가장 잘 알려져 있다. 최근작은 TBS 채널의 〈The Last O. G.〉다.

트레이시 잭슨(Tracey Jackson)

작가, 블로거, 시나리오 작가, 영화감독, 제작자. 2권의 베스트셀러 중 《습관의 감옥》은 그래미상을 수상한 작곡가 폴 윌리엄스(Paul Williams)와 공동으로 집필했다. 이 책은 평화를 향한 평생에 걸친 탐구와 삶의 난관을 극복하기 위한 일상을 다루었다. 폴이 24년간 중독 재활치료를 하며 얻은 깨달음 또한 담고 있다.

틱 낫 한(Thich Nhat Hanh)

선사, 영성 지도자, 시인, 평화운동가. 마음챙김과 평화에 관한 가르침으로 세계적인 존경을 받는다. 서구 세계에 마음챙김을 들여온 선구자로 아메리카, 유럽, 아시아 11곳에 사원을 세우고 1천 곳 이상의 마음챙김 수련원을 설립했다. 1백 권 이상의 책 가운데 《틱낫한의 평화》《틱낫한 명상》《틱낫한의 평화로움》《화》《The Art of Power》 등이 가장 잘 알려져 있다.

팀 스토리(Tim Storey)

작가, 강연가. 스티비 원더 로버트 다우어 주니어 등의 인생 코치이기도 하다. 기업 임원부터 연예인, 운동선수, 소외 계층 성인과 아동까지 각계각층을 대상으로 한 동기부여 활동으로 유명하다. 《Comeback & Beyond : How to Turn Your Setbacks into Comebacks》 등 다수의 책을 쓴 베스트셀러 작가이며 캘리포니아 주에 있는 다교파 Congregation 교회의 설립자다.

피코 아이어(Pico Iyer)

수필가, 소설가, 여행 작가. 영국 옥스퍼드에서 인도계 부모 밑에 태어나 캘리포니아에서 자랐다. 옥스퍼드 이튼칼리지와 하버드대학교에서 공부했다. 1987년 이후 일본 서부지역에서 활동해왔다. 2권의 소설과 10권의 비소설을 집필했으며, 대단히 인기 있는 경연가다. 2013~2016년에 세 차례의 TED 강연을 펼쳤다.

캐롤 베이어 세이거(Carole Bayer Sager)

50년 가까이 활동한 작사가로, 세계적인 히트곡을 다수 써냈다. 아카데미상, 그래미상, 2개의 골든글로브상, 토니상 등을 수상했다. 2016년 출간된 회고록 《They're Playing Our Song》은 〈뉴욕타임스〉 베스트셀러가 되었다.

캐롤라인 미스(Caroline Myss)

〈뉴욕타임스〉 베스트셀러에 다섯 차례 오른 작가이자 에너지의학, 직관의과학, 인간의 건강, 영성, 신비주의 분야에서 저명한 강연가다. 대표작

《영혼의 해부》는 150만 부 이상 판매됐으며 최근작은 《아키타입》이다.

케리 워싱턴(Kerry Washington)

에미상과 피바디상을 수상한 획기적인 드라마 〈스캔들〉에서 주인공 올리비아 포프 역할을 연기해 에미상과 골든글로브상 후보에 올랐다. 사회운동가로서 오바마 대통령의 예술인문학 대통령위원회 위원으로 임명됐다. 또한 여성 대상 폭력 종식을 위한 국제적 운동 V-Day 자문단인 V-Counsel의 일원으로 활발히 활동 중이다.

페마 초드론(Pema Chodron)

불교계 스승, 비구니, 작가, 어머니, 할머니. 서구인들을 위한 티베트 불교의 현실적 해설로 정평이 나 있다. 최근작 《Fail, Fail Again, Fail Better : Wise Advice for Leaning into the Unknown》과 〈뉴욕타임스〉 베스트셀러 《모든 것이 산산이 무너질 때》를 포함해 다수의 책을 집필했다.

A. R. 버나드(A. R. Bernard)

4만 5천여 명의 교인이 있는 뉴욕 브루클린의 대형교회 크리스천문화센터(현재는 크리스천 컬처센터, Christian Cultural Center) 설립자, CEO이자 담임목사. 뉴욕 시 교회협의회의 회장을 지내 150만 명의 개신교, 성공회교, 동방정교 신도들을 대표한 바 있다. 뉴욕시경제개발공사(NYCEDC) 이사회 멤버였으며 뉴욕 시 교육감 자문단으로도 활동했다. 최근작 《Four Things Women Want from a Man》을 포함해 2권의 저서를 집필했다.

T. D. 제이크스(T. D. Jakes)

TDJ Enterprises의 CEO이며 텍사스 주 댈러스에 위치한 3만 신도의 교회이자 세계적 인도주의 단체 Potter's House의 설립자이자 담임목사. 그의 TV쇼 〈The Potter's Touch〉는 매달 6,700만 가구가 시청하며 그의 베스트셀러 《Woman, Thou Art Loosed!》는 영화로 제작되어 각종 상을 받았다. 저서 중 7권이 〈뉴욕타임스〉 베스트셀러에 올랐고 국내에서 발간된 책으로 《운명》《담대한 믿음》 등이 있다. 최근작은 《Soar! : Build Your Vision from the Ground Up》이다.

IMAGE CREDITS

Ruven Afanador: Cover, 17, 188
Melissa Gidney Daly: 2, 53, 57, 87, 96, 133, 177
Scott Markewitz: 55, 111, 160–161
Jamie Out: 40–41, 88, 127, 149

pp. 6–7: iStock.com/UWMadison, pp. 8–9: Willowpix/Getty Images, pp. 12–13: Space Images/Getty Images, p. 19: Matt Tomlins/EyeEm/Getty Images, p. 21: Rosmarie Wirz/ Getty Images, p. 22: Sergey Makashin/Offset.com, p. 23: andipantz/Getty Images, p. 24: Rolf Vennenbernd/AFP/Getty Images, pp. 26–27: Anton Petrus/Getty Images, p. 30: Pixel Stories/Stocksy United, p. 31: Sylvia Westermann/Getty Images, p. 33: masahiro Makino/ Getty Images, pp. 34–35: David Clapp/Getty Images, p. 36: Evgeni Dinev Photography/ Getty Images, p. 38: Dani Pfister/500px/Getty Images, pp. 42–43: Ryan Etter/Getty Images, p. 46: Gary Yeowell/Getty Images, p. 47: Cavan Images/Getty Images, pp. 48–49: David Wall/Alamy Stock Photo, p. 51: Josh Boes/Getty Images, p. 52: oluolu3/ Getty Images, p. 58: aydinmutlu/Getty Images, pp. 60–61: James O'Neil/Getty Images, p. 65: Michael Okimoto/Getty Images, pp. 66–67: Danny Hu/Getty Images, pp. 68–69: JGI/Tom Grill/Getty Images, p. 70: Anna Xiου Wacker/Getty Images, pp. 72–73: Maya Karkalicheva/Getty Images, pp. 74–75: Aaron Foster/Getty Images, p. 77: Roksana Bashyrova/Getty Images, pp. 78–79: R A Kearton/Getty Images, pp. 80–81: Karl Tapales/Getty Images, pp. 82–83: A330Pilot/Getty Images, pp. 90–91: Anton Petrus/ Getty Images, p. 93: Yustinus/Getty Images, p. 95: Doug Berry/Getty Images, p. 98: Crazy Photons/Getty Images, pp. 100–101: Tyler Hulett/Getty Images, p. 103: fhm/ Getty Images, pp. 104–105: Mario Gutiérrez/Getty Images, p. 109: Danita Delimont/ Getty Images, p. 110: Matteo Colombo/Getty Images, p. 113: Aris Kurniyawan/EyeEm/ Getty Images, p. 114: Xuanyu Han/Getty Images, pp. 116–117: Wavebreak Media/Offset. com, p. 123: Peter Zelei Images/Getty Images, p. 124: levente bodo/Getty Images, p. 126: Bryan Dale/Stocksy United, p. 128: I love Photo and Apple./Getty Images, p. 130: Sungmoon Han/EyeEm/Getty Images, pp. 134–135: Paola Cravino Photography/Getty Images, p. 138: Marcel Mendez/EyeEm/Getty Images, p. 140: WIN-Initiative/Neleman/ Getty Images, p. 141: Ignacio Palacios/Getty Images, p. 143: Craig Thomson/EyeEm/ Getty Images, pp. 144–145: Anton Repponen/Getty Images, p. 146: André Schulze/ Getty Images, pp. 150–151: Akepong Srichaichana/Getty Images, pp. 152–153: Marco Bottigelli/Getty Images, p. 157: Julia Jach/EyeEm/Getty Images, p. 159: DieterMeyrl/ Getty Images, pp. 162–163: Malorny/Getty Images, p. 165: Sean Gill/EyeEm/Getty Images, p. 167: Raimund Linke/Getty Images, p. 168: Kevin Smith/Design Pics/Getty Images, pp. 170–171: Robert Harding World Imagery/Offset.com, pp. 172–173: Supoj Buranaprapapong/Getty Images, p. 179: Bill Hatcher/Getty Images, p. 180: simon's photo/Getty Images, p. 182: Chris Axe/Getty Images, p. 184: RJW/Getty Images, p. 185: Raimund Linke/Getty Images, p. 187: Kacey Klonsky/Getty Images

오프라 윈프리, 삶의 목적과 방향을 발견하는 법

언제나 길은 있다

제1판 1쇄 발행 | 2020년 6월 4일
제1판 11쇄 발행 | 2023년 10월 11일

지은이 | 오프라 윈프리
옮긴이 | 안현모
펴낸이 | 김수언
펴낸곳 | 한국경제신문 한경BP
책임편집 | 윤효진
저작권 | 백상아
홍보 | 서은실 · 이여진 · 박도현
마케팅 | 김규형 · 정우연
디자인 | 권석중
본문디자인 | 디자인 현

주소 | 서울특별시 중구 청파로 463
기획출판팀 | 02-3604-553, 584
영업마케팅팀 | 02-3604-595, 583　FAX | 02-3604-599
H | http://bp.hankyung.com　E | bp@hankyung.com
F | www.facebook.com/hankyungbp
등록 | 제 2-315(1967. 5. 15)

ISBN 978-89-475-4582-2　03840

길을 잃을 때마다 펼쳐보는 오프라의 10가지 조언

1 나로 살겠다고 선택하라

"인생에서 무얼 하기 위해 여기 왔는가?" 모든 탐색이 시작되는 질문이다. 당신은 이 질문을 무시할지 따라갈지 선택해야 한다. 온전한 나로 살겠다고 선택하자. 그렇게 당신의 여행은 시작된다.

2 매순간 성장하라

인간은 궁극적으로 꿈꾸는 존재다. 당신이 누구든, 무엇을 가졌든, 자기 안의 가장 깊은 열망을 알고, 그것을 매일 성취로 연결시켜라.

3 내 안의 속삭임에 귀 기울여라

삶은 언제나 당신에게 뭔가를 말하려 한다. 그 신호를 묵살하는 건 혼돈으로 가는 지름길이다. 직관을 따르고 좋아하는 것을 하라.

4 자기 의심을 넘어서라

당신과 세상이 싸우고 있다고 생각하지만, 당신과 싸우고 있는 건 "안 돼, 하지 마"라고 말하는 당신의 일부다. 그땐 이렇게 말하라. "왜 그래, 할 거야!"라고. 당신 자신에 대한 믿음 속에 살아라.

5 의도에 따라 행동하라

의식적 선택을 해야 한다. '나는 돈을 벌 수 있다' '더 찬란한 삶을 살 수 있다' '더 행복해질 수 있다'. 충동이 아니라 의도에 따른 행동을 할 때, 삶은 그 비전이 이끄는 대로 나아간다.

6 흐름에 맡겨라

삶이 흐르는 리듬에 자신을 맡겨라. 스스로 악기가 되어 리듬 안으로 들어가라. 그 흐름 속에 당신의 길이 보일 것이다. 정말 끝내주는, 진정으로 행복한 길이.

7 다음 단계로 나아가라

무슨 일을 하든 혼란의 시간은 있다. 그 시간은 우리를 진정으로 성장시킨다. 의지가 시험에 들 때, 길을 잃은 것 같을 때, 멈추고 고요 속에 귀를 기울여라. 가슴이 다음 단계를 알려줄 것이다.

8 알려주고 나누어라

인생은 기본적으로 에너지의 교환으로 측정될 수 있다. 긍정적 에너지와 부정적 에너지 중에서 당신은 이 세상에 어떤 에너지를 불어넣고 싶은가? 나눔으로 삶의 힘을 창조하라.

9 자기 존중감이라는 보상을 받아라

재물은 시간이 흐르면 변하지만, 당신이 누구인가에 대한 깨달음은 영원하다. 진실한 삶을 추구할 때 찾아오는 만족감과 자기 존중감을 느껴라.

10 언제나 되돌아갈 수 있다는 걸 기억하라

자기 자신으로부터 얼마나 멀리 표류해왔든, 되돌아가는 길은 언제나 있다. 당신은 이미 자신이 누구인지를, 어떻게 운명을 완수할지를 알고 있다.